AF570446

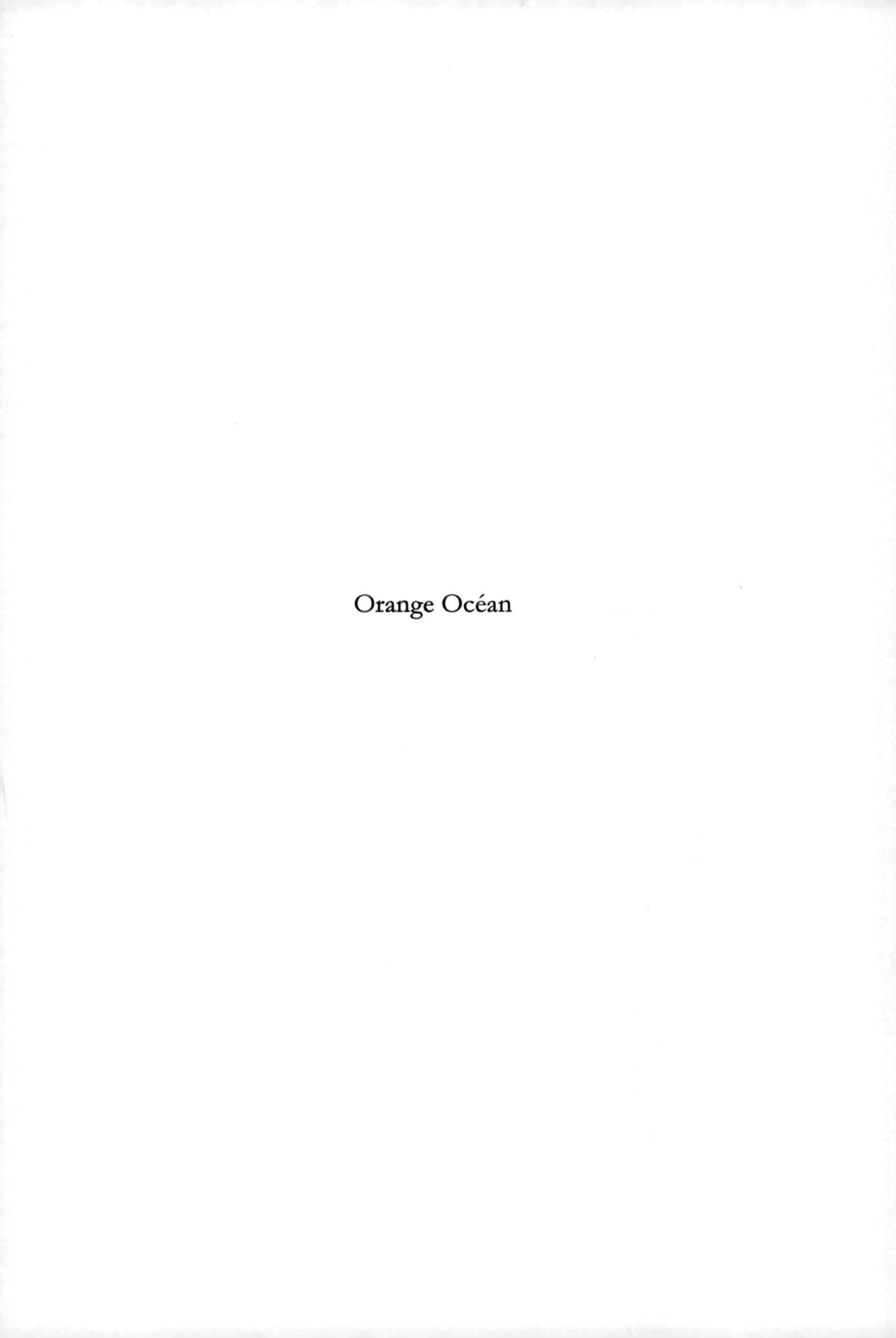

Orange Océan

Édition : JDH Éditions
77600 Bussy-Saint-Georges. France

Imprimé par BoD – Books on Demand, Norderstedt, Allemagne

Illustrations couverture : Yoann Laurent-Rouault
(SAS CAUSA LUDENDI : *causaludendiproduction@outlook.com*)

Réalisation et conception couverture : Cynthia Skorupa

ISBN : 978-2-38127-265-8
Dépôt légal : septembre 2022

Sylvie Bizien

Orange Océan

JDH Éditions
Nouvelles Pages

Si les pages de ce livre ont un petit goût salé, cela n'a rien d'étonnant. Ce roman a été écrit lors d'un voyage autour du monde réalisé en famille, avec mon mari et mes trois filles, de 2010 à 2013. Toutes les pages ont ainsi été rédigées la nuit, à la lampe frontale, lors des grandes traversées océaniques.

Mais il s'agit bien ici d'une fiction et non d'un récit, même si les lieux visités et les personnes rencontrées m'ont largement inspirée.

« Faites que le rêve dévore votre vie
afin que la vie ne dévore pas votre rêve. »

Antoine de Saint-Exupéry

1

Lovée dans son canapé bleu canard, Luna lézarde devant son téléviseur. Que faire d'autre en ce samedi 10 novembre ; il pleut des cordes sur la capitale. Luna zappe, elle baye aux corneilles. Zut, elle vient de renverser un mug de café noir sur son pyjama. Et pas n'importe quel pyjama ! Elle porte le maillot n°10 de monsieur Zinedine Zidane, le vrai, disons un vrai, c'est un client qui le lui a offert, un grand ponte de la Fédération française de football. Chaque fois qu'elle l'enfile, c'est un réflexe, elle cherche à humer l'odeur du célèbre footballeur, mais cela fait belle lurette que ce maillot n'a pas vu l'herbe d'un terrain de foot et qu'il côtoie plus ses strings en dentelle fine et son parfum Lancôme que les vestiaires du stade de France…

Luna broie du noir. Éparpillés autour d'elle, les copeaux de sa lettre de licenciement. Ça n'a pas traîné chez Baumann & Associés, le prospère cabinet d'avocats ! C'est vrai que de se faire des cinq à sept avec son plus gros client, c'était plutôt mal venu, quand en plus celui-ci s'appelle Frédéric Lévy, qu'il est député-maire et même ministrable, cela devient critique, mais qu'il soit, de plus, l'époux affiché de la célèbre présentatrice du journal télévisé, alors là, cela frise la correctionnelle. Surtout que madame est jalouse et qu'elle a le bras plutôt long ! Sur ce coup-là, maître Baumann n'a pas tardé à transiger et c'est la jeune et jolie avocate qui a giclé. Cinq ans, cinq années de sa jeunesse sacrifiées pour eux et hop, à la porte à la première incartade.

— Dehors, ma belle !

Et l'autre, la femme trompée, qui a pris un malin plaisir, histoire d'en rajouter une couche, à griller l'avocate dans tout le milieu parisien. La garce !

Rebondir, rebondir, c'est tout ce qu'il avait à la bouche, le patron, le jour où il l'a virée comme une malpropre. Au moins un point positif : avec les indemnités, elle a pu finir de payer les traites de son triplex rue de Montenotte. Il est extraordinaire, cet appartement, ça a d'ailleurs été le coup de foudre dès la première visite. Dire que l'agent immobilier ne voulait pas le lui montrer.

— Vous verrez, il n'est pas présentable, un bouge infâme.

Quelques rouleaux de peinture, de la moquette et du parquet, et le soi-disant taudis s'est métamorphosé en magnifique triplex, et à deux pas de la Place de l'Étoile, tant qu'à faire. Une grande pièce à vivre, cuisine américaine, balcon, une chambre d'amis et salle de bains au premier niveau, une mezzanine avec coin musique et bibliothèque, un bureau et enfin, tout là-haut, dans la tour, la chambre de la princesse, avec une petite terrasse dominant les toits parisiens, parfaite pour quelques séances de bronzette en toute discrétion. On peut dire que c'était l'appartement dont elle n'aurait jamais osé rêver, et désormais, c'est le sien. Le tout dans une petite copropriété sans ascenseur, façade refaite, charges réduites. Que du bonheur ! Luna a pris le temps de le meubler avec soin, un style assez épuré, du bois, du cuir, de la pierre, des tableaux colorés, un paysage grec, un orchestre de jazz en Louisiane, le portrait d'une Africaine. Tout est de bon goût, simple, parfait pour le cocooning des froides soirées d'hiver comme pour les crépuscules flamboyants du mois d'août. Parfait aussi pour recevoir les amis et faire un peu la fête, le seul voisin, en dessous, est un bureau comptable déserté le week-end et bien calme durant la semaine.

Tiens ! Ça bouge un peu sur le grand écran. Luna se détend, c'est le départ du Vendée Globe. Pour rien au monde elle ne manquerait ce rendez-vous. Tous les quatre ans, comme les Jeux olympiques et la Coupe du monde de football, des incontournables. Le dernier départ, se souvient-elle, elle était avec ses parents, oh ! comme ils lui manquent en cet instant. Regarder cet évènement sans eux, ce n'est pas la même fête. La mélancolie la gagne et des larmes remplissent ses grands yeux bleus opalins. Justement, on en voit une ou deux qui se laissent aussi aller aux Sables-d'Olonne.

— Femmes de marins, ce n'est pas une vie, se dit Luna.

Peut-être, mais cela paraît toujours mieux que chômeuse et orpheline de surcroît.

C'était le 24 septembre 2010, il y a deux ans déjà, les parents de Luna s'étaient accordé des vacances en Grèce. Ils vivaient plutôt confortablement, papa directeur d'agence du Crédit Agricole, le « crédit patate » il disait, maman bibliothécaire pour la municipalité, un joli pavillon dans Le Vésinet, une petite vie bien tranquille. Tranquille oui, en attendant la retraite, et le projet de leur vie. Dix ans qu'ils le préparaient, ce projet ; ils voulaient partir faire le tour du monde, à la voile, tous les deux, en amoureux. Tout était prévu. Le bateau, acheté depuis 2009, bien calé sur son ber dans le jardin du grand-père à Camaret, en Bretagne, au bout du monde. Bon, ça fait belle lurette que ce n'est plus la maison du grand-père, mais quand le voisin l'a rachetée, il a accepté de leur louer ce lopin de terre, au bord de l'eau, idéal pour bricoler et hiverner un voilier. Le départ était programmé pour 2012, et justement, on y est, en 2012. Toutes leurs économies, tout leur temps libre étaient consacrés à la préparation du projet de leur vie. Petite entorse : ce séjour hellénique que Luna avait tenu à leur offrir pour fêter à la fois sa première grosse affaire et leur anniversaire de mariage. Tu parles d'un cadeau ! Se remettra-t-elle seulement un jour ? Ils étaient sa seule famille, ils étaient tout pour elle.

L'aéroport de Roissy était en effervescence à l'arrivée de Luna en ce début d'automne. Tout de suite, elle a compris que quelque chose clochait, tout le monde était au téléphone, les yeux rivés sur les écrans d'information, les cris et les pleurs dominaient, c'était angoissant de ne rien comprendre. Puis, au même titre que les autres familles, elle a été prise en charge par la cellule de crise, que pouvait-on faire, d'ailleurs ? L'avion s'est abîmé en mer, aucun survivant, point à la ligne, fin du rire.

Trente ans, célibataire, orpheline, chômeuse, c'était déjà un beau palmarès. La goutte d'eau qui a fait déborder le vase, c'est cette visite chez le gynécologue, la semaine dernière.

— Visite de routine, docteur, répond Luna à la question habituelle du spécialiste.

— Ça, je me doute bien que vous ne venez pas m'annoncer que vous êtes enceinte, lui rétorque-t-il, avec le tact légendaire des praticiens bedonnants de sexe masculin.

— Docteur, d'accord, je suis toujours seule à trente ans, mais sachez que ma vie amoureuse est plutôt bien remplie et, même si je suis actuellement à mille lieues de vouloir être mère, cela pourrait bien changer un jour, enfin, si je retrouve un job, et surtout si je trouve un père…

— Oh, pardon Luna, moi je disais cela par rapport à votre opération.

— Mon opération ? Mais quelle opération ? Là, docteur, je ne vous suis plus du tout.

— Mais enfin, votre ovariectomie, vos parents ont bien dû vous en parler !

— Je n'y comprends rien, et puis je ne connais rien à votre jargon médical, j'ai séché tous les cours de biologie, alors s'il vous plaît, expliquez-vous !

— C'est tout simple : quand vous aviez huit ans, on a dû vous opérer du fait d'une malformation au niveau des ovaires.

— Je n'ai jamais entendu parler de ça.

— Hélas, vous avez attrapé une maladie nosocomiale, et désormais, votre système génital est hors d'usage.

— Que voulez-vous dire ?

— Je ne comprends pas, vos parents auraient pourtant dû vous le dire !

— Dites-moi la vérité, docteur !

— Luna, vous ne pourrez jamais porter un enfant, cette opération vous a rendue stérile.

Luna non plus n'a pas compris, et ce nouvel écueil dans sa petite vie la mine un peu plus chaque jour.

— Rebondir, rebondir !

Les vingt concurrents du Vendée Globe sont maintenant dans les dernières minutes, on pourrait dire qu'ils sont dans les starting-blocks. Les accompagnateurs, les équipes techniques ont rejoint les Zodiacs suiveurs. Les marins sont désormais seuls, seuls face à l'immensité de l'océan. Quelle tension ! Luna se souvient combien son père était stressé à ce moment-là et comme les yeux de sa mère brillaient d'émotion. Bien sûr, leur projet à eux n'avait rien à voir avec l'aventure extraordinaire que représente un Vendée Globe, un tour du monde en solitaire et sans escale sur des bêtes de course de soixante pieds ; pourtant, suivre ces marins les rapprochait de leur propre rêve. Rêve qu'ils ne réaliseront pas ; finir leur vie au fond de la mer, avec leurs projets et leurs secrets, quelle tristesse. Et puis, pourquoi avoir caché à Luna sa stérilité ? Elle a beau tourner le problème dans tous les sens, elle ne trouve pas la clef du mystère, clef enfouie à tout jamais sous les eaux bleues de la Méditerranée.

Coup de canon. Louis Burton part en tête sur son Bureau Vallée, puis c'est Armel Le Cléac'h qui vire le premier la bouée de dégagement. Ça y est, ils sont partis ; devant eux, la mer, l'aventure, la gloire… peut-être. Cette année, le favori de Luna est Armel Le Cléac'h, surnommé Le Chacal, lors de la dernière édition, il avait terminé deuxième derrière l'imbattable Michel Desjoyaux. Cette fois, le maître ne se présente pas sur la ligne de départ, Le Chacal s'affiche, dès lors, grand favori de l'épreuve. Mais pour avoir suivi assidûment toutes les éditions depuis sa tendre enfance, Luna sait bien que le bateau, l'homme et la chance se partagent à parts égales dans le résultat final. Bien plus qu'une simple régate, c'est une grande aventure, le fait de passer la ligne d'arrivée est toujours une victoire, quelle que soit la position au classement.

Lorsqu'elle était enfant, Luna et ses parents se constituaient un team. Ils se répartissaient les concurrents à soutenir. Luna reconnaît bien volontiers que ses critères pouvaient aussi bien porter sur le physique du skipper, son caractère, voire les couleurs du sponsor, une jolie Vache qui rit, une association caritative, bref, des choix peu orthodoxes mais des choix, et derrière, un soutien sans faille à son équipe. Luna s'était même lancée une fois dans la régate virtuelle en ligne. Ça n'a pas été la meilleure période de sa vie, ni la plus grande décision qu'elle ait pu prendre. Elle se levait au beau milieu de la nuit pour modifier ses réglages, s'éclipsait des cours de droit pour aller virer une bouée, telle une gamine prise à son propre jeu. Elle s'est d'ailleurs juré qu'on ne l'y prendrait plus. Et puis, elle avait sa fierté, les copains de la fac étaient sur les voiliers concurrents, alors c'était la guerre sur l'eau, euh ! sur les réseaux internet surtout.

— Quelle sottise, ricane-t-elle aujourd'hui.

Pendant des années, son chouchou restait incontestablement le beau Bilou, alias Roland Jourdain. Un type tellement sympa, tellement naturel, du moins de ce qu'elle pouvait en juger dans les reportages, et avec ce talent certain reconnu par ses pairs. Parti sur d'autres projets, et même finalement jeté vulgairement par son sponsor, Bilou n'est pas de la fête, aujourd'hui, aux Sables-d'Olonne. Le soutien de Luna a donc basculé sur Le Chacal. Elle a longuement étudié la presse nautique et tous s'accordent à dire qu'il a tout ce qu'il faut pour gagner. Il est bien sympa aussi, ce petit gars, pas la grosse tête ni rien. S'il y a bien quelque chose que Luna ne peut supporter, ce sont les gens imbus d'eux-mêmes, et Dieu sait combien ils sont nombreux dans son boulot. Pardon, dans son ex-boulot. Ces personnes qui la ramènent, elle déteste, elle n'a pas été élevée comme ça, elle. Et plus ils brassent de l'air, plus ils font du vent, moins ils font avancer les choses.

— Encore une spécialité masculine, même si les femmes commencent à s'y mettre, elles aussi, constate amèrement Luna.

En parlant des femmes, ce n'est pas la foule sur la ligne de départ cette année encore. Une seule navigatrice, une Anglaise en plus, la petite Sam Davies a fait son chemin. Quelle pêche elle a, elle était éclatante de bonheur lors de l'édition 2008, à danser au milieu des vagues écumantes, même pas peur ! On dirait qu'elle aime être seule en mer, ça épate complètement Luna qui admire cette force de caractère. Les hélicoptères survolent encore les concurrents, les bateaux accompagnateurs ont, quant à eux, déjà opéré un demi-tour, ces belles images de mer réchauffent un peu le cœur de la belle avocate.

Luna se surprend à penser à *Baradoz*, le voilier de ses parents, le bateau de leurs rêves. Ça veut dire « paradis », en breton. Tout est dit. Elle espère seulement qu'il existe aussi là-haut, le paradis. Pour l'instant, *Baradoz* se languit dans le jardin du grand-père, à Camaret. Comme tout bateau qui se respecte, il n'attend qu'une seule chose : prendre la mer. L'esprit de Luna dérive, lui aussi, c'est bon de laisser la pression de ces derniers jours retomber, de se laisser porter par les flots. Sa vision se brouille, elle n'entend plus que le vent qui siffle dans les volets, puis elle reprend pied, la voix du présentateur émerge doucement du néant, le regard de Luna se projette dans l'immensité de l'océan et tout devient clair… comme une révélation.

Elle va le faire.

Elle va le faire, elle.

Elle va partir.

Elle va partir faire le tour du monde.

Avec *Baradoz*.

En mémoire de Youn et Anne, ses parents.

Pour que leur rêve ne disparaisse pas avec eux.

— Si ça, ça ne s'appelle pas rebondir, foi de Luna Dorval, ils vont voir de quoi je suis capable !

Sa décision est prise.

2

— Ne me quitte pas.

— Je ne te quitte pas, Chloé. Tu es ma meilleure amie, jamais je ne t'abandonnerai. Je pars juste quelques mois, pour mieux me retrouver, j'en ai cruellement besoin, comprends-moi.

Chloé et Luna sont attablées à la crêperie Rocamadour, sur les quais de Camaret. *Baradoz*, le beau voilier de couleur orange vif, danse sur ses amarres, sur le ponton visiteur de port Styvel. Au loin, la tour Vauban et la chapelle Rocamadour trônent sur le fameux sillon, elles ont largement contribué à la renommée de la petite cité de caractère, au moins autant qu'un certain curé… Les épaves des chalutiers et autres langoustiers du cimetière des bateaux forment un élément fort du patrimoine maritime. À la sortie d'un train de dépressions, la mer se calme enfin, le ciel reprend son bleu azur, magnifique fenêtre météo pour un grand départ. Le calendrier affiche déjà samedi 1er décembre. Le festin de crêpes englouti, les deux femmes marchent le long du quai, silencieuses, chacune absorbée dans ses sombres pensées. Elles dépassent port Notic et longent l'hôtel Vauban qui hébergea Mary Lester, l'enquêteuse du roman *On a volé la Belle-Étoile* de Jean Failler. Sur la plage du Corréjou, la mer affiche des couleurs d'un bleu turquoise à faire pâlir de jalousie les plus belles plages des Caraïbes.

En descendant la coupée vers le ponton, les deux estomacs sont noués, le temps des adieux est arrivé. Les deux amies s'embrassent tendrement. Incapables d'exprimer leurs émotions, elles échangent un dernier regard qui en dit long.

Chloé défait alors les aussières, repousse lentement le balcon avant du bateau, les yeux remplis de larmes.

Et voilà.

Luna s'en va.

Elle part faire le tour du monde.

La première nuit en mer n'est que pluie de doutes.

— Suis-je finalement capable de le faire ? Quels risques suis-je en train de prendre ?

Elle repense au mois de folie qu'elle vient de vivre : la mise en location de son appartement des Ternes, les préparatifs sur *Baradoz*, les vaccins, c'est sûr, elle n'a guère eu le temps de souffler. Une seule chose la conforte : elle sait qu'elle a pris la bonne décision, ce départ redonne un sens à sa vie. Et puis, ça leur laissera le temps d'oublier toutes ces histoires, au boulot, le temps de se refaire une virginité… Grâce aux loyers de la maison du Vésinet et du triplex, elle devrait bien réussir à s'en sortir. 1m78, 58 kg, ce n'est pas une trop grande carcasse à nourrir ! Elle en rit, cela fait si longtemps qu'elle n'avait pas entendu son propre rire qu'elle en sursaute. C'est sûr, avec toutes ces mésaventures, il y avait plus de raisons de pleurer que de rire, mais, en y réfléchissant bien, même avant cela, elle ne riait pas tellement. Elle aurait pu, pourtant. D'accord, dans son boulot, il fallait être particulièrement stricte, à tel point qu'elle s'était mise à porter des lunettes alors que sa vue est impeccable, elle qui a de si jolis yeux de biche.

— Ça fait plus sérieux, lui avait conseillé son boss. Et puis les cheveux, bien tirés, en chignon, ça impressionne, avait-il rajouté.

Quel gougeât !

Luna sait parfaitement que dans le milieu professionnel, quel qu'il soit, chacun joue un rôle, chacun joue son propre rôle, personne n'est finalement naturel ; mais elle sait aussi que dans un grand cabinet d'avocats, c'est pire encore. Hypocrisie et faux-semblants. De grands sourires en face, des coups de poing dans le dos. Elle avait fini par s'y adapter, mais la belle avocate attendait autre chose de son travail au barreau, plus d'entraide, plus d'esprit de groupe. Luna est une ancienne handballeuse, elle jouait même en pré-national, alors pour elle, l'esprit d'équipe, c'est sacré.

Allez ! Cap sur l'Espagne, La Corogne en Galice, et même, si le vent le veut bien, directement sur les Canaries, car l'hiver approche à grands pas et il ne faut pas trop traîner dans ces parages en cette période propice aux tempêtes. Cette première étape est aussi la phase de prise en main de *Baradoz*. Bien sûr, elle le connaît déjà, ce superbe Pogo 12.50. Quand Youn, son père, l'avait commandé au chantier *Structures*, elle n'en était pas revenue : belle carène, ligne moderne et racée, et cette couleur pétillante, c'est incontestable, il est magnifique. Avant cela,

Youn et Anne avaient enchaîné quelques voiliers de conception plus ancienne, un Corsaire en contre-plaqué marine, peint en orange lui aussi, puis un Love-Love de chez *Jeanneau*, un First 35 de *Bénéteau*, bref, de plus en plus grand, et donc de plus en plus cher, pour aller de plus en plus loin.

Pour *Baradoz*, ils avaient carrément cassé la tirelire, le projet était d'une autre échelle, et un papa banquier, ça obtient de bons prêts ! Là où ils avaient vraiment tapé fort, c'était en précisant à la commande qu'ils le voulaient de couleur orange vif, leur Pogo, la couleur du minium, cette peinture antirouille à base de plomb utilisée autrefois dans la navale mais interdite maintenant.

Le chantier a répondu sans hésiter à leur requête et *Baradoz* est désormais recouvert d'un énorme film autocollant de cette couleur, un procédé habituellement utilisé pour les voiliers de course pour étaler les couleurs de leurs sponsors. C'est Anne qui y tenait.

— Trop de bateaux blancs ! déclamait-elle en riant à ceux qui l'interrogeaient sur ce choix quelque peu insolite.

Pour sûr, il détonne un peu sur le plan d'eau ! Les badauds tournent souvent autour et les Kodaks sortent facilement des poches à son approche.

Un mât carbone noir assorti à la bôme, une capote et des tauds de voiles gris anthracite, c'est un fier esquif. Les aménagements sont fonctionnels et simples, le bateau est conçu pour naviguer, chose qui pourrait sembler une évidence pour un voilier, mais qui se fait rare, finalement. Bon nombre des unités, exposées dans les allées du Salon Nautique de la porte de Versailles, sont surtout pensées pour l'apéro bien à plat dans les marinas et non pas pour les navigations hauturières, à la gîte et secoué comme dans un shaker.

Dans tous les cas, c'était le bateau d'Anne et Youn, c'est maintenant le sien, il est donc parfait, il est donc le plus beau des bateaux ! Et d'ailleurs, au fil des milles, elle le découvre et l'apprécie un peu plus encore. Évidemment, elle avait déjà caboté sur *Baradoz*, quelques week-ends d'hiver entre les îles du Ponant, une ou deux semaines d'été jusqu'aux Anglo-Normandes ou vers l'île de Ré, mais là, c'est la première fois qu'elle le mène seule, la relation avec le bateau en est complètement chamboulée. Elle l'apprivoise et, en même temps, se laisse dompter par la bête.

3

Barradoz est amarré dans la jolie petite marina de Santa Cruz de Tenerife. Luna fait visiter son fier 40 pieds à José et Maria, ses deux nouveaux compères et surtout ses futurs équipiers pour la traversée de l'Atlantique vers les Antilles. Ils se sont rencontrés dans le téléphérique qui grimpe en haut du Teide.

— Et voilà le point culminant de l'Espagne ! lui avait alors expliqué José.

Lorsqu'ils ont su qu'elle voyageait seule sur son voilier, ils se sont aussitôt passionnés pour son aventure et ils sont devenus les meilleurs amis du monde, à tel point qu'ils ont décidé de l'accompagner pour le grand saut, la transat vers les Caraïbes. Luna ne voulait pas couvrir ces 2 600 milles nautiques seule, près de 5 000 kilomètres, c'est un bout de chemin !

De Chloé
À Luna
Le 2 décembre 2012
Objet : New Beetle

Luna,

Je suis enfin rentrée à Paris. Tu as eu raison de me conseiller le TGV, j'ai pleuré comme une madeleine de Brest à Montparnasse. En voiture, j'aurais fini contre un platane. Ma tristesse est purement égoïste, car je sais que la vie sans toi va être carrément moins drôle ici, mais sache que je te soutiens à 100 % et que je suis enchantée de te voir ainsi porter le rêve de tes parents.

Sinon, comme convenu, j'ai vendu ta *New Beetle* au garage VW de Brest, ils ont baissé le prix en découvrant sa couleur, soi-disant le jaune est invendable en Bretagne, trop bizarres ces Bretons ! Bon, je n'ai pas discuté, j'étais encore sous le choc de notre séparation à Camaret. Oh, dis donc, quelle chance ont eue tes grands-parents de vivre là-bas, c'est si beau. J'ai adoré tous les coins que tu m'as fait découvrir, les Tas de Pois, la plage de Trez Rouz, le Toulinguet, le manoir de Saint-Pol Roux. Les paysages sont magnifiques, j'en ai pris plein les mirettes et j'ai aussi rempli la carte SD de mon smartphone. Tu as dû passer de bons moments, enfant, avec ta famille, alors que moi, c'était Juan-Les-Pins ou La Grande Motte, beaucoup moins marrant, j'te promets.

Par contre, ça a été interminable de regagner Brest, toute seule dans ta cox, il y avait un pont grandiose sur une rivière, j'ai zappé le nom, on aurait dit le Golden Gate.

Bon, je te laisse, cela ne fait que 2 jours que t'es partie et je suppose que t'es encore en mer.

Tchuss

Chloé

PS : Rien de mieux du côté de Jean-Pat, il ne me parle même plus du divorce, je commence à croire que tu as raison. J'ai trop les boules.

De Luna
À Chloé
Le 24 décembre 2012
Objet : Les Canaries

Holà Chloé,

Tu as vu, je parle espagnol, hihi. Pas eu le temps de t'écrire plus tôt, ni même d'ouvrir ma boîte mail. J'ai fait quelques stops rapides à La Corogne pour commencer, après une traversée du golfe de Gascogne épique, je te passe les détails, j'ai vomi toutes mes tripes. Puis une escale éclair à Bayona en Espagne toujours, et enfin à Lisbonne et à Madère, en terre portugaise, mais sans réussir à prendre de connexion internet, j'avais un bug sur mon ordi et tu imagines bien que je suis partie sans téléphone portable. Heureusement, j'ai pu compter sur la solidarité des gens de mer pour 1 réparer l'ordi et 2 récupérer des données météo pour les étapes.

Je suis maintenant à Tenerife où je me suis fait des copains, ils vont transater avec moi, ce sera moins dur qu'en solo. À ce propos, je compte sur toi comme équipière pour une prochaine étape.

Pour Jean-Pat, n'écoute que ton cœur, et surtout pas les conseils minables d'une célibataire de 30 ans, qui n'a jamais été foutue de garder un mec plus d'une semaine, qui a couché avec un de ses clients et qui vit une histoire d'amour torride… avec son bateau…

Eh oui, je l'adore mon *Baradoz* !

Bref, même s'il ne divorce pas, si tu l'aimes, garde-le, et tant pis.

Allez, j'ai des courses à faire. Des réserves de pâté Hénaff. Le pâté du mataf !

Tchuss

Luna

Noël est célébré dans la famille de Maria. Quel bonheur, cette ambiance familiale ! Luna ne peut s'empêcher de revivre les Noëls de son enfance, le grand sapin, et même la neige parfois. La mère de Maria lui évoque Anne, toujours à se plier en quatre pour le bonheur des siens. Et puis, ils savent faire la fête, ces Espagnols : sangria, fruits de mer, musique, Luna se laisse griser.

Le lendemain, la gueule de bois s'est invitée sur *Baradoz* ; malgré tout, Luna a insisté pour appareiller en ce 25 décembre.

— La fenêtre météo est belle, on y va. De toute façon, alcool ou mal de mer, les premiers jours de traversée sont toujours difficiles pour les estomacs, alors autant y aller !

José et Maria traînent des pieds, mais rapidement, l'atmosphère devient meilleure ; à bord, Luna a instauré une organisation optimale pour les quarts de nuit. Maria commence avec le 20 h/24 h, le quart le plus facile, Luna poursuit de minuit à 4 h et José termine de 4 h à 8 h. Ses deux compères ne sont pas de fins marins, mais ils gèrent la veille à merveille et préviennent leur skipper si les conditions se détériorent et qu'il faut réduire la voilure. Lorsqu'arrive le Nouvel An, qu'ils fêtent avec une bouteille de champagne et du foie gras, sous un ciel constellé d'étoiles scintillantes, c'est l'euphorie à bord. Ce réveillon au milieu de l'Atlantique laisse aux trois amis la douce sensation de vivre au cœur d'un rêve... Ils immortalisent l'instant par de petites vidéos qu'ils diffuseront sur les réseaux sociaux à leur arrivée aux Antilles.

Les quarts de veille s'enchaînent, la routine s'installe dans une météo relativement clémente avec du vent régulier sur un rythme d'alizé assorti de quelques grains épisodiques, puis après vingt-et-un jours de traversée, *Baradoz* pénètre dans la marina de Port of Spain sur l'île de Trinidad. Un bel Antillais les aide à s'amarrer au ponton, tout sourire avec sa chemise hawaïenne à fleurs et son short de surfeur, plus beau que Tom Sellec dans *Magnum*. En revanche, c'est la soupe à la grimace du côté des deux officiers qui attendent sur le wharf.

— Sûrement les autorités pour faire les démarches d'entrée dans le pays, se dit Luna. Fini l'Europe et son espace Schengen.

Désormais, à chaque pays visité, il lui faudra en effet accomplir ces démarches administratives auprès des autorités compétentes, douanes, immigration, garde-côtes, sécurité sanitaire, et la même chose en repartant, ou presque. Youn avait monté un gros dossier sur ce sujet épique, communément appelé la clearance. Ah, c'est sûr, il est plus simple de débarquer d'un avion !

— Ce n'est pas le côté le plus intéressant d'un voyage autour du monde, mais impossible d'y couper, disait son père, alors autant bien prendre la chose et surtout respecter les officiers à qui on a affaire. Ces gens-là ont souvent leur fierté, ils représentent l'État, certains peuvent aussi être véreux et même réclamer du bakchich.

Luna n'est pas au bout de ses surprises, les douaniers vont s'appliquer à fouiller *Baradoz* de fond en comble, fourrager les coussins, fouiner dans la cale-moteur et ressortir pas moins de… trente armes de poing et autres pistolets en tous genres !

José et Maria n'osent pas croiser son regard interloqué.

Ils ne le croiseront d'ailleurs plus jamais.

Les trois marins en herbe sont débarqués manu militari, conduits au commissariat dans des véhicules différents et interrogés durant des heures sans pouvoir prévenir qui que ce soit, ni même consommer un simple verre d'eau.

— Ce n'est pas vraiment *La croisière s'amuse*, Capitaine Stubing, viens à mon secours, rumine Luna qui s'en veut à mort d'avoir accordé sa confiance à ces deux jeunes Espagnols, tout en y repensant, de parfaits inconnus !

Mais comment aurait-elle pu envisager ça ? D'accord, ils se jetaient bien des regards inquiets de temps en temps, surveillant leurs arrières ; de là à penser qu'ils étaient des terroristes en fuite, il y a un monde. Et même, de là à penser que cette traversée avec Luna avait pour seul but de quitter l'Europe au nez et à la barbe des autorités !

La pauvre n'y a vu que du feu. Le pire, et elle l'apprendra plus tard, c'est qu'ils font partie d'un gros réseau international lié à Al-Qaïda. Ils avaient une stratégie très simple, nos islamistes hispaniques. Primo : arpenter les pontons des marinas canariennes à la recherche d'un embarquement pour les Caraïbes, ils sont nombreux les skippers qui, comme Luna, recherchent des équipiers pour le grand saut. Secundo : quand le pigeon est ferré, il devient simple d'embarquer les armes, alors qu'il a le dos tourné, et encore plus élémentaire de débarquer le chargement à l'arrivée. Manque de bol pour Luna, ou plutôt si, une chance, le gang a été démantelé durant leur traversée, les têtes n'ont pas tardé à tomber et les délations ont suivi. José et Maria ont été « donnés », c'est Interpol qui a géré le reste avec Trinidad.

Luna est effondrée. On la laisse croupir dans une cellule miteuse. Un petit côté *Midnight Express*. Elle pense aussi à Steve McQueen dans *Papillon*, et au bagne de Guyane, à quelques kilomètres de là, en face de Trinidad…

Au petit matin, elle est sortie brutalement de sa torpeur, grand bonheur, elle est autorisée à passer un coup de fil, un et pas deux. Par chance, elle connaît le numéro de Lucas, son ancien collègue de chez Baumann & Associés, une pointure en droit international.

À Paris, il est déjà 13 h, Lucas déjeune dans une brasserie du XVIe, seul ; il jette un œil à l'écran de son smartphone, ayant pour principe de ne jamais interrompre un repas pour une communication téléphonique. Là, repérant que l'appel vient de l'étranger, il déroge à sa règle d'or et prend l'appel, un peu excédé toutefois. Luna crie, elle bafouille, s'emmêle les pinceaux, la fatigue de la traversée, le stress de la situation, c'est une femme au bord de la crise de nerfs. Lucas prend les choses en main, il la rassure, promet de contacter le consulat et même la presse, jure de prendre le premier avion, que tout va s'arranger. Il ne lui demande qu'une seule chose :

— Tiens le coup, Luna ! Ce n'est pas le moment de flancher !

Luna passe maintenant ses journées dans une cellule collective. Elle est coupée du monde, pas de visite, c'est interdit, pas d'interrogatoire non plus. Elle ne sait rien de ce que prépare Lucas, ni même s'il a pu faire quoi que ce soit. Elle se sent abandonnée. Ses copines de « chambrée » sont des prostituées, des voleuses, des droguées, et parfois les trois. Noires ou créoles. Fort heureusement pour Luna, elles parlent anglais, la langue officielle de Trinidad. Ces filles-là sont des dures à cuire, même si elles sont traitées comme des chiennes, elles gardent leur fierté et restent dignes.

Dire qu'il n'y a même pas un rideau pour s'isoler aux toilettes. Pour l'avocate parisienne, habituée aux salons mondains, la dégringolade est vertigineuse.

Intriguées de cette présence incongrue, les autres l'ont longuement interrogée sur son histoire et ont fini par la prendre en affection. Voir cette adorable jeune fille, loin de chez elle, innocente et enfermée, ça les révolte, alors elles la protègent, la réconfortent. Puis, pour passer le temps, elles lui racontent une à une leurs péripéties, leurs vies, toutes plus sordides les unes que les autres : inceste, viol, drogue, sida, tout y est.

C'est encore Luna la mieux lotie, et elle le réalise avec stupeur. Julia devient sa confidente. Julia se prostitue, elle est maltraitée par son jules et tente vaille que vaille de s'en sortir, surtout pour sa fille Johanna. Sa vie à elle est gâchée. Elle voudrait que Johanna parte étudier aux États-Unis, déjà le lycée lui coûte la peau des fesses, elle doit assurer de plus en plus de passes, prendre des clients « à risque », sa vie est un enfer, mais elle tient le coup par amour pour sa petite. Luna a cessé de s'apitoyer sur son propre sort et se jure qu'une fois sortie de ce bourbier, elle viendra en aide à Julia. Les prisonnières ne sortent qu'une fois par semaine de leur cellule, pour la douche collective. Les repas sont servis sur des plateaux, si on peut appeler cette mixture infâme un repas. Luna n'imaginait pas qu'on pouvait ainsi vivre à la Zola, pas en 2013 !

Deux semaines plus tard, Luna est de retour à bord de *Baradoz*. Lucas a débrouillé l'affaire avec brio, les dealers hispaniques, dans leur grande bonté, ont innocenté la Française, elle s'en tire avec un bon gros bakchich à verser, en liquide bien sûr, et une obligation de quitter le pays sur-le-champ. Mais qui voudrait rester là un instant de plus, après tout ce qu'il s'est passé ? Lucas est déjà retourné à ses affaires, en métropole, plus rien ne retient notre navigatrice.

Avant de partir, Luna tient à s'acquitter d'une dernière tâche. Elle dispose de peu de temps, quatre heures pour quitter le port ! Elle se rend chez la sœur de Julia, près du Jardin botanique royal. Comme elle se l'était juré, elle met en place un virement bancaire mensuel, pour aider Julia à financer les études de Johanna. Luna souhaite que la galère qu'elle vient de vivre serve au moins à quelque chose. Elle croit en la destinée, et pense que si tout cela lui est arrivé, ce n'était finalement que pour lui faire rencontrer Julia. Elle a souffert en prison, elle s'est sentie bien bas, salie, mais c'était pour le bien de Johanna.

Luna passe aussi un coup de téléphone à Lucas qui a repris l'avion pour Paris. À sa sortie de prison, elle n'avait pas trouvé les mots pour remercier son « sauveur », et elle l'avait simplement embrassé chaleureusement dans l'aérogare encombrée. Répondeur, il doit encore être dans l'avion. Finalement, elle lui rédige un long mail depuis un cybercafé, lui racontant ce qu'elle a vécu en cellule, ses rencontres, la petite Johanna et enfin le remerciant comme il se doit. Elle se charge enfin de régler tous les frais de Lucas, sans attendre un décompte qu'elle sait que son collègue ne lui enverra jamais. Il a fait tout cela bénévolement, il a pris de son temps personnel, sans rien attendre d'elle, ça c'est un ami, un véritable ami.

Mais les heures passent, un policier en tenue fait le pied de grue devant *Baradoz*, il lui faut appareiller, sans même prendre le temps de faire un peu de vivres, virée de Trinidad comme une pestiférée, une terroriste. Vite, oublier, et ne plus garder en souvenir que cette jolie photo de Johanna, prise par sa mère le jour de ses quinze ans.

Encore sous le choc de son arrivée fracassante sous les tropiques, Luna se laisse dériver au large de Tobago, indécise. Elle rêvasse, la carte de l'arc antillais sous les yeux, quand son regard est attiré par un nom, « les Grenadines », quelle expression charmante, cela évoque l'enfance, l'insouciance.

— C'est là que je dois aller, maintenant. Trois semaines de transat et quinze jours dans les geôles de Trinidad, cela mérite bien un peu de repos aux Grenadines !

Quelques milles et une nuit de mer plus tard, les formalités d'entrée sont vite réglées sur la petite île d'Union Island. Enfin les Tropiques, enfin les Antilles, le soleil, et surtout la liberté. Comble du luxe : le wifi est puissant et la belle s'offre un Skype avec son amie Chloé qui se morfond d'inquiétude de l'autre côté de l'Atlantique.

— Je suis si contente de te voir, je m'suis fait du mouron, tu sais. Lucas a été sensass, il m'appelait tous les jours.

— Moi aussi je suis heureuse, tu m'as tellement manqué, quelle galère ! Je m'en veux d'avoir fait confiance à José et Maria. Mais quelle gourde ! Quelle gourde ! Si Lucas n'avait pas été là, j'serais encore au régime soupe et pain sec avec cafards à volonté.

— Bon, et maintenant, comment tu te sens, tu t'en remets ?

— Écoute, je sors tout juste la tête de l'eau, c'est le cas de le dire, je viens de prendre mon premier bain caraïbe. Je n'ai quasiment plus rien à grailler à bord, en fait, je ne sais plus trop où j'en suis, je crois que j'ai surtout besoin de dormir et de ne plus penser à rien. Et toi, raconte, ça va comment avec Jean-Pat ?

— Bah, tu n'sais pas la dernière qu'il m'a faite, ce salop ! Il avait promis de m'emmener avec lui à son séminaire d'ophtalmo, à l'île Maurice.

— Et…

— Cinq jours, aux frais de la princesse, même mon boss était d'accord pour me libérer.

— Génial, et alors ?

— Alors, alors… il part, mais… avec sa femme ! Fin du rire, la Chloé au placard, avec les charentaises !

— Le fumier !

— Oh, il a joué son coup subtilement, il m'a promis qu'il va en profiter pour lui demander le divorce. À l'île Maurice ! Le paradis des lunes de miel ! Ça paraît tellement dingue. J'en ai marre de tout ça, marre d'être la cruche de service. En plus, on se gèle à Paris, je crois qu'il fait -2°C.

— Arrête tout, j'ai une idée.

— Vas-y, accouche !

— Trop drôle !

— Oups, je ne m'y fais pas à ton histoire d'opération. Bon, c'est quoi ton idée lumineuse ?

— Viens me rejoindre aux Grenadines, je te paye l'avion. J'ai trop besoin de te voir. Tu as eu des congés au boulot ? Alors, je t'en prie, viens ici.

— Je n'peux pas accepter ça.

— Please, fais-le pour moi, et tu n'as qu'à te dire que c'est la vente de la New Beetle qui paye le truc, donc c'est un peu grâce à toi.

— Il fait combien ?

— 28 dans l'air, 26 dans l'eau.

— J'arrive !!!

Trois jours ont passé, les deux meilleures amies du monde sirotent un punch maison au Happy Island. Ce bar/resto est la seule habitation d'un minuscule îlot dans la baie d'Union. Pratique, il est à trois petites minutes d'annexe de *Baradoz* et c'est tant mieux, avec tout le rhum que les deux gazelles se sont enfilé, le retour à bord est quelque peu… épique. Ça leur a fait un bien fou, aux deux chipies, de faire la nouba toute la nuit. Avec elles, il y avait des militaires, des chasseurs alpins qui avaient loué un catamaran pour la semaine et faisaient ainsi la fête tous les soirs. Des dragueurs, des fêtards, ils en avaient mis de l'ambiance dans le petit restaurant, les pieds dans l'eau. L'alcool avait coulé à flots, certains se mettant à chanter, d'autres à danser, puis tout le monde s'était retrouvé à l'eau, dans des tenues plus ou moins proches de celle d'Adam. Le patron avait eu du mal à virer ce petit monde, même si lui aussi s'amusait comme un gamin. À cinq heures du matin, les militaires avaient réveillé leur skipper pour qu'il vienne les chercher en zodiac ; le pauvre, s'il doit endurer cela tous les jours, quel job !

Le lendemain, les deux belles se réveillent dans ce cadre idyllique, mais avec un méchant tam-tam dans la tête. Deux cafés et une aspirine plus tard, elles reprennent du poil de la bête, car cette fois, c'est parti pour une belle croisière sous les tropiques !

À peine deux heures de voile et *Baradoz* se faufile entre Petit Rameau et Petit Bateau, pour finalement mouiller devant Baradal et sa célèbre lande de sable, dans les eaux turquoise des Tobago Cays. L'endroit est si beau, la réputation n'est pas usurpée, alors les bateaux y sont nombreux, une flopée de monocoques et surtout de catamarans de location, pour la plupart appartenant aux flottilles de la Martinique et de la Guadeloupe. Deux pêcheurs s'approchent à bord d'une lancha multicolore, ils leur vendent de belles langoustes fraîchement pêchées. La bella vida !

Le vent souffle à seize nœuds, idéal pour tester le nouveau matériel de kitesurf de Luna. Elle est une excellente kiteuse, sport de glisse qu'elle pratique depuis cinq années déjà. Elle a fait ses débuts en Bretagne, à Saint-Malo, Franck son moniteur était un ancien champion de planche à voile. Ensuite, elle a continué à pratiquer avec assiduité, à Guidel, à Sainte-Marguerite, à Tréompan, à Saint-

Malo et même à Chamonix, où elle s'était essayée au snowkite. C'est devenu sa passion. Tractée par son aile, elle se sent libre, grisée par la vitesse. Rien de tel pour effacer tous les ennuis du quotidien et faire le vide dans sa tête. Avant de quitter la France, Luna était passée saluer Franck et s'était offert du matériel neuf dans la boutique qu'il vient d'ouvrir.

Chloé observe son amie tirer ses bords depuis la magnifique plage de sable blanc de Baradal, et c'est tant pis pour les coups de soleil, elle compte bien rentrer à Paris avec un bronzage nickel. En soirée, elle déguste la langouste de 4 kg à 50 €. En métropole, c'est à peine plus cher que du jambon, mais ici, c'est un budget. Ça se paye les Tobago, mais c'est si beau. Difficile de décrire l'endroit, si ce n'est qu'elles sont entourées d'îles et îlots de sable blanc, de cocotiers, le tout bien préservé par un parc naturel.

Les jours suivants, elles plongent sur la barrière de corail, ce sont les premiers pas en snorkeling pour Chloé qui, il y a peu, ne mettait jamais la tête sous l'eau. Les filles prennent plaisir à observer les poissons et les coraux. Luna filme un banc de Dora, la copine de Némo, du père de Némo, plutôt. Elles jouent aussi les Robinson en déambulant sur Petit Bateau, rien à voir avec la célèbre marque de sous-vêtements, il s'agit ici d'un îlot très fréquenté par les touristes, ce qui s'avère désagréable et, par les moustiques, ce qui devient insupportable.

Quelques grains pluvieux le deuxième soir leur permettent même de se doucher à l'eau douce. Quel délice. Elles se croiraient dans une vieille publicité pour *Tahiti Douche*. Au loin, sur Union Island, de nombreux orages éclatent.

Plongées sur le récif, apéros rhum, langoustes grillées, couchers de soleil tropical, quatre jours de folies antillaises qui se terminent par des larmes à l'aéroport de Clifton sur Union Island.

— Ne pleure pas, Luna, promis, je reviendrai te voir.

4

Treize nuits en mer, treize jours de solitude et finalement treize jours de plénitude. Luna se sent revivre. Cet intermède avec Chloé a rapidement effacé l'épisode sombre de Trinidad. Écouteurs vissés sur les oreilles, elle se découvre de nouveaux talents. Boulangère, elle cuisine chaque jour du pain maison. Pâtissière, un petit gâteau, ça cale les estomacs. Pizzaiolo, d'accord avec tomates en boîte et *Vache Qui Rit*, c'est peu orthodoxe mais c'est toujours mieux qu'une boîte de raviolis.

Et puis Luna s'est surtout découvert une nouvelle passion : la lecture. Pour une fille de bibliothécaire, ne pas lire, il est vrai que c'était plutôt étrange. Oh ! elle lisait bien un ou deux policiers par an, mais sans grande conviction. Cette fois, c'est le déclic. Lire la transporte, elle s'évade loin de son fier esquif, elle découvre, page après page, de nouveaux horizons. Elle voyage avec Phileas Fogg, elle dépense avec *l'Accro du shopping*, elle pleure des *larmes jaunes de crocodiles* en cherchant des *écureuils à Central Park*. Quelle bonne idée a eue Chloé de lui apporter tous ces bouquins ! C'est tout un monde nouveau qui s'offre à notre lectrice en herbe.

— Maman doit être fière. Tout là-haut…

Luna gratte aussi quelques accords de guitare. C'est son père qui lui a appris à en jouer, quand elle était adolescente. Hélas, dépourvue de talent, et surtout de volonté, elle n'a pas persévéré. Elle sait qu'elle devrait prendre des cours. Son truc, maintenant, c'est juste de grattouiller les quelques morceaux qu'elle maîtrise à peu près en pensant aux bons moments passés avec Youn. L'avantage, en mer, c'est qu'à part les mouettes, personne n'est dérangé par ses couics, ses couacs et autres fausses notes.

Trois cocotiers sur un îlot, les San Blas sont en vue. Luna débarque en pays Kuna. Ce territoire de Panama borde la Colombie, il vit de manière autonome, en décalage complet avec le reste de Panama, et même avec le reste du monde. Il s'agit d'un chapelet d'îles et d'îlots, pour certains totalement inhabités et justes exploités pour la coco ; pour d'autres, au contraire, densément peuplés, avec des maisons de bambou construites au ras de l'eau, parfois même sur des remblais de déchets. *Baradoz* entre dans le Caobos Channel escorté par des dauphins, rien à voir avec le Coco Chanel, ne nous y trompons pas… La belle skipper navigue à vue, la carte est décalée de plus d'une centaine de mètres, ce qui n'est à la fois rien, mais qui change tout. Il est donc impossible de se fier à son GPS.

Luna va, tout d'abord, visiter des mouillages de carte postale. À Coco Bandero, elle plonge l'ancre dans quatre mètres d'une eau translucide et visiblement poissonneuse. L'endroit fait la couverture du livre d'Antoine, *Mettre les voiles*. Si ce n'est pas le paradis, ça y ressemble un peu. Une légère brise rafraîchit l'air, le soleil est vif, les plages désertes et sauvages.

Luna visite chaque îlot, ramasse des cocos vertes pour en extraire cette délicieuse eau fraîche. Elle mitraille, avec son appareil photo, chaque recoin, émerveillée par tant de beauté. Chaque angle de vue est exceptionnel. Les pélicans, un peu patauds, s'envolent à son approche. Elle profite de son kayak de mer et plonge en apnée sur la barrière de récif. La moisson est bonne, langoustes, poissons à foison, elle ne prend que ce qu'elle pourra manger. Sa vie prend des allures de robinsonnade, un véritable retour aux sources.

Luna s'éclate à fond dans son nouvel univers, mais un peu de rapports humains ne seraient pas de refus. Elle s'enfonce alors vers le fond d'une baie, près du continent, et mouille devant une île, habitée cette fois. Des Indiens Kuna y vivent encore de manière traditionnelle.

En premier lieu, Luna doit rendre visite au chef, qui l'autorise alors à rester quelques jours et lui offre ainsi l'hospitalité et la protection de son village. Rapidement, Luna tombe sous le charme de ces femmes aux mollets fins recouverts de fils de perles qui passent leurs journées à coudre des molas, ces jolis patchworks qui rappellent la dernière collection *Desigual*.

Les hommes parlent des bribes d'espagnol, mais Luna n'a qu'un petit niveau scolaire. Les femmes ne connaissent quant à elles que le kuna. Les échanges se limitent alors à quelques gestes, pleins de pudeur. Luna est invitée par Coralia, l'une d'elles, pour une lessive dans la rivière. Elles remontent le cours d'eau à bord du ulu, la pirogue kuna, jusqu'à atteindre le méandre où les adolescents remplissent des barils d'eau douce chaque jour. Les deux femmes s'adonnent à leur nettoyage, légèrement en aval pour ne pas polluer la source, et en profitent même pour un grand shampoing. Coralia s'extasie devant le shampoing ultra moussant de Luna, elle qui se contente d'un savon sans parfum. Alors Luna lui propose son *Garnier Ultra doux* et les deux femmes partagent un fou rire dont elles se rappelleront l'une comme l'autre. Coralia est en admiration devant le vernis qui décore les ongles de Luna, elle est aussitôt invitée pour une manucure à bord de *Baradoz*. Plus tard, la Française organise des distributions de crayons aux enfants, elle avait fait des provisions de stylos pour son voyage, et découvre l'engouement que ceux-ci suscitent auprès des jeunes kunas.

Un jour, une pirogue s'approche timidement, un père et son fils albinos viennent lui apporter des cocos et du poisson. Luna propose de l'argent, mais ils refusent en expliquant que ce ne sont que des cadeaux sans valeur. Elle examine le jeune enfant, sa peau est brûlée par les UV ; d'un vieux drap, il se cache les yeux du soleil ardent. Luna plonge dans ses soutes, ouvre placards et équipets et émerge avec une réserve de lunettes de soleil, de casquettes et surtout de crème solaire haute protection. Le visage reconnaissant de ce père de famille vaut tout l'or du monde.

Luna ressort de cette rencontre anéantie, vidée. Ces gens, qui n'ont ni électricité, ni eau courante, lui montrent tant de gentillesse, de générosité, et surtout, ils ont l'air si heureux, révélant des sourires éclatants, aux dents pourtant miteuses. Tout ce qu'on nous fait comprendre en Occident, c'est qu'il faut posséder. Travailler plus pour gagner plus. Acheter plus, surtout. Mais « à quoi bon », dirait Jane Birkin. Qui a raison, qui a tort, et d'ailleurs, qui a vraiment le choix ? En attendant, Luna s'offre de somptueux molas à vingt dollars pièce et songe qu'il faudra qu'elle s'achète une petite robe noire pour aller avec… On ne se refait pas !

5

La porte de l'écluse s'ouvre et voici notre aventurière dans le Pacifique, ce qui est une première, et amoureuse en plus, ça aussi, c'est nouveau.

Tout s'est passé un peu vite, il est vrai. C'est la faute de Tito aussi ! Tito est l'agent « officieux » qui aide les skippers à accomplir les formalités pour le passage du canal de Panama. Tito fournit tout : les pneus pour la protection de la coque, les aussières de quarante mètres, et même les marins pour les tenir. Luna aura beau faire des pieds et des mains, on ne traverse pas le canal sans ces quatre « liners » et le pilote, c'est le règlement. Tito a tout géré, c'est un « pro » ; ce qui n'était pas prévu, c'est qu'un des marins, Miguel, ferait littéralement craquer notre blonde au cœur dur, et ce, dès le premier regard. Et des regards langoureux, il s'en est échangé quelques-uns entre les trois écluses qui montent de l'Atlantique vers le lac Gatún. Passer la nuit sur le lac, à entendre brailler les singes, ne l'enchantait guère au départ, mais finalement, le beau Miguel s'est invité dans la cabine de la propriétaire, et c'est épuisée et courbaturée qu'elle s'est éveillée le lendemain, sous l'œil goguenard des autres liners. On lui avait bien dit que le passage du canal de Panama est un grand moment dans la vie d'un marin…

Quand le deuxième pilote est monté à bord à six heures du matin, il a fallu qu'elle se fasse violence pour quitter l'épaule accueillante de son Apollon et s'extirper de sa cabine. Sale tête, ce pilote, celui de la veille au moins était jeune et sympa. Celui-ci, avec sa moustache, il ressemble à Zorro, de loin, et il a même le culot de s'appeler Diego, Don Diego de la Vega ou quoi !

C'est reparti pour quelques heures de moteur, à croiser et à se faire doubler par des cargos et autres tankers, une veille attentive s'impose, rendue ardue à la suite d'une nuit de galipettes.

Le décor est particulier, le niveau des eaux est monté de quinze mètres du fait de la construction du canal, de nombreux arbres sont immergés. Les dernières écluses sont simples à appréhender, il s'agit de redescendre désormais vers l'océan Pacifique, les liners n'ont qu'à laisser filer les aussières, pour ne pas voir *Baradoz* rester suspendu au quai comme ce touriste avec sa vedette rutilante, une Riva, qui n'avait pas anticipé la marée, le jour de son départ de Camaret. Rien de tel pour amuser la galerie !

Une fois passée l'épreuve de la dernière écluse, le pont des Amériques marque symboliquement le passage dans ce bel océan

Pacifique. Plus loin, la capitale se dessine, Panama City, la Mecque des investisseurs, un petit côté New York, des tours de béton et de verre à perte de vue.

Quel contraste après les San Blas !

De Luna
À Chloé
Le 29 mars 2013
Objet : Coup de foudre à Panama

Devine ! J'ai trouvé un mec. Coup de foudre à Panama, please, ne te moque pas ! 2 ou 3 œillades et il était dans mon pieu. La chaleur peut-être ? Je ne me reconnais plus. En plus, on ne se comprend pas trop, son anglais est encore plus minable que mon espagnol, mais pour les gestes, t'inquiète, là, on se comprend bien…

Je crois qu'après l'affaire Frédéric Lévy, j'avais besoin d'un homme, juste comme ça, un truc simple. Et puis, cette fois, pas de risque que ça me coûte mon boulot !

Jure que tu ne me critiqueras pas !

Je lui ai proposé de pousser jusqu'aux Galápagos, histoire de voir si nos corps s'accordent vraiment, tu vois, et…

Et…

… il est partant. !

D'ailleurs, on décampe demain.

Je t'entends d'ici : pas prudent, pas réfléchi, mais là, j'ai décidé de laisser parler mes tripes, pour une fois, j'ai envie de faire confiance au destin.

Et mince alors, ce n'est pas un mariage, juste une nav de 8 jours, histoire de voir ce qu'il a sous le capot…

Et toi, sinon, Jean-Pat je garde ou Jean-Pat je plaque ?

Moi, je parie mon ciré qu'il ne divorcera jamais et que cette histoire d'accident de ski de sa femme, c'est juste pour te faire patienter. Cela dit, si elle reste vraiment paraplégique, t'es mal barrée, il ne va quand même pas la planter là maintenant !

Dans tous les cas, je n'ai plus toute ma tête, et une Luna dans la lune n'est pas de bon conseil. Fais ce que tu penses être le mieux pour toi, parce que tu le vaux bien, comme dirait l'autre.

Je te Skype en arrivant chez les otaries, euh... si elles ont Internet.

Tchuss

Luna

Le Pacifique ne porte pas bien son nom ces jours-ci, houle de Sud, courants erratiques, alizé soutenu, *Baradoz* file bon train, mais ça chahute pas mal et les tourtereaux sont malmenés. Miguel ne quitte plus son seau, ou sinon il se vautre lamentablement dans la cabine, il a perdu toute sa superbe. Luna commence à regretter le solo, l'ambiance est aussi basse que l'aiguille du baromètre. Quelle histoire d'amour pourrait résister à tant d'adversité ?

Déconfiture, débâcle, débandade, Luna cherche le mot juste en regardant son hidalgo faire son sac.

— Bah, un de perdu... un de perdu !

Elle ne croit pas si bien dire.

De retour à bord après avoir déposé son bel amour à l'aéroport de San Cristobal pour un retour à la case Départ, elle s'aperçoit, avec effroi, qu'il est d'abord passé par la case Banque, tout en espérant ne pas passer par la case Prison. Caisse de bord vidée, la bagatelle de 1 000 dollars US, tout de même, PC portable volatilisé, iPad flambant neuf acheté hors taxe à Panama City, idem. Le coquin a même eu le culot d'empocher le bracelet kuna qu'il lui avait offert.

— Fumier !

Cette fois, elle est décidée à se défendre.

— Y en a marre aussi de se faire avoir.

Coup de fil à Tito, nouvelle ombre au tableau. Celui-ci lui explique que les liners qu'il embauche sont d'anciens taulards, de jeunes drogués, des paumés qui cherchent à s'en sortir. Tito, avec son grand cœur, leur offre ainsi de petits boulots. Le hic, c'est que le Miguel, c'est un nouveau ; d'ailleurs, l'agent ne sait pas comment le retrouver, et puis, surtout, il ne veut pas d'histoires, les règlements de compte sont monnaie courante au Panama, il n'a pas l'intention de se faire trouer la cervelle pour quelques dollars !

Mille dollars de perdus, et plus grave encore, plus d'ordinateur. Impensable d'en trouver un au paradis de la faune sauvage. Une chance dans son infortune, une touriste américaine de passage, qui a tout entendu de l'échange téléphonique avec Tito dans le cybercafé, propose à Luna de lui vendre son PC, comme elle rentre à LA et qu'il est un peu décati, l'affaire arrange les deux jeunes femmes qui concluent autour d'une bière équatorienne bien fraîche.

De Chloé
À Luna
Le 2 avril 2013
Objet : Bye bye, Jean-Pat

Eh bien, je ne savais pas que c'étaient des chauds au Panama. Il n'a pas un frère, ton Miguel ? Parce que, bonne nouvelle, je suis libre !

J'ai jeté Jean-Pat.

Vidé la corbeille.

En réalité, c'est un peu dur, 5 ans tout de même ! Ramenés à 2 rencards la semaine, ça ne fait pas lourd, je sais ! Quel gâchis !

Et sa femme, j'en suis malade, fauteuil roulant, à vie.

Maintenant, je fais tout pour les oublier, ces 2-là.

J'ai hâte d'en savoir plus sur ta romance au milieu des eaux bleues du Pacifique. Tu sais qu'il n'y a pas les Galápagos sur mon globe !

Tchuss

Chloé

De Luna
À Chloé
Le 9 avril 2013
Objet : Miguel = gros blaireau

Il y a une otarie qui joue autour de mon bateau, ça c'est l'image positive du jour.

Sinon, je te résume. Miguel = envolé avec argent et PC portable. Croisière = tempête = Luna voudrait être une otarie.

Trop dur pour la nana de ton ex, trop bien que tu l'aies largué, trop dur que tu sois si loin, trop belle la vie, oups, ça, c'est à la télé.

Allez, j'vais m'en remettre. J'enchaîne resto sur resto, à 2 $ le repas, je peux encore me le permettre. Merci carte Visa. Merci surtout au couple gay qui squatte mon triplex et sponsorise ainsi mon voyage.

Ne t'étonne pas de mon prochain long silence. J'ai plus de 6 000 km à couvrir, compte 3 bonnes semaines.

Je pars vendredi.

Il paraît que ça porte malheur d'appareiller un vendredi, au point où j'en suis !

Tchuss

Luna

La visite des Galápagos est un réel plaisir pour la voyageuse. Les îles sont peuplées d'animaux extraordinaires.

Les otaries vivent avec les humains, sans problème, elles savent qu'elles ne sont pas chassées.

Il y a aussi des tortues géantes, des fous à pattes bleues, des frégates à jabot rouge, des iguanes. Ceux-là sortent directement de la Préhistoire, les petits frères des dinosaures, avec juste une différence d'échelle.

Luna arpente San Cristobal de long en large et s'amuse comme une gosse à la rencontre de ces différentes bestioles. Elle croise aussi quelques manchots, ils sont minuscules, mais elle fait très attention, tous ces animaux restent sauvages, il ne faut pas les perturber, au risque de se faire croquer les fesses…

Luna s'offre une journée à bord d'une vedette à touristes, ils vont nager et plonger près du Léon Dormido, un gros rocher en forme de lion endormi. Il y a là des requins-marteaux et des requins gris, facilement observables avec masque et tuba. Elle prend conscience de vivre là des moments uniques que seuls les riches retraités américains et autres Japonais en voyage de noces peuvent s'offrir.

Ce petit bout d'Équateur est un parc naturel dont l'entrée est hors de prix, sans compter le coût du voyage pour y accéder.

Les voiliers de passage échappent miraculeusement à cette taxe. Pour combien de temps encore ?

Des voiliers au long cours, il y en a justement une bonne dizaine à tirer sur leur chaîne devant la petite ville. Une joyeuse communauté qui se croise au débarcadère ou au cybercafé. Luna reste une curiosité, la plupart des équipages sont constitués de couples, la cinquantaine, voire plus, quelques rares familles, et quelques solitaires, plus rares encore, invariablement des hommes.

La voile de Florence Arthaud, Isabelle Autissier et Ellen MacArthur a encore du chemin à faire.

6

Trois mille milles à parcourir, presque six mille kilomètres. Luna est seule en mer. Il y a bien Raymond, le pilote automatique. C'est Youn qui l'avait ainsi surnommé, parce que Raymond barre ! Un peu éculée, la blague. Familièrement, elle l'appelle Ray.

— Ça va, Ray, pas trop dormi ?

— Alors, Ray, on perd le nord ?

— Tu sais, Ray, avec Miguel, c'était juste physique, en vrai, c'est toi que j'aime !

Luna vient de faire la rencontre de son homonyme, Luna Lovegood, un personnage un peu déjanté de la saga *Harry Potter*. Encore un cadeau de Chloé. Les autres livres, elle les a échangés avec ce couple de retraités, Claire et Gaétan, croisés aux Galápagos, un Breton et une Basque, c'est leur deuxième tour du monde, des pros. Sans cela, pour la lecture, elle était à sec. Elle comptait sur son iPad et avait téléchargé des dizaines de bouquins numériques à Panama : les *Twilight*, des Jules Verne, le dernier Musso, quelques Levy, un Victor Hugo… la tuile !

Pêche, cuisine, lecture, veille, les journées sont bien remplies, elle n'a guère le loisir de s'ennuyer. Quand la lune la rejoint dans la nuit, elle pense à ses parents qui auraient tellement aimé être à sa place. Elle se sent bien, en osmose avec elle-même. Jamais elle ne s'était sentie si sereine. Et puis, elle prend soin d'elle : épilation, mèches, vernis parfait, elle ne veut pas ressembler à une souillon et prend plaisir à se faire belle, juste pour Ray.

— Tiens, Ray, on est samedi, déjà, les jours passent si vite !

Le samedi, c'est fête, un petit rhum citron pour marquer le coup. Un seul, sinon Luna ne répond plus de rien ; la mer, ça tire sur la couenne et ce n'est pas le moment de flancher.

Vingt-cinq jours, « vingt-cinq jours sans voir la terre, pull rayé, mal rasé », dirait Axel Bauer. Vingt-cinq jours sans personne à qui parler, sauf ce bon vieux Ray, vingt-cinq jours sans croiser un seul navire ; au final, vingt-cinq jours de bonheur. La baie de Hiva Oa est un peu encombrée, Luna parvient à se trouver un petit recoin pour ancrer *Baradoz*, entre un « kiwi » de Nouvelle-Zélande et un « ricain » de l'Alaska. Il était grand temps d'arriver, la nuit tombe déjà sur les Marquises.

Allez, une bonne bouteille de gros rouge qui tache, pour fêter la fin de la traversée du Pacifique, une boîte de foie gras, gardée pour l'occasion, et une longue nuit sans la sonnerie du réveil, quel pied !

Les invitations aux apéritifs à bord des nombreux yachts de passage pleuvent, ce n'est pas si souvent qu'on peut voir une belle jeune femme jouer les Moitessier et autre Antoine. Luna s'y plie parfois, mais sans réel enthousiasme, toujours les mêmes conversations, des retraités qui crachent sur le système dont ils profitent sans vergogne, et puis cela reste souvent des relations sans lendemain. Pourtant, elle aime discuter avec les autres navigateurs, partager des expériences avec des personnes d'horizons différents, parlant d'autres langues. On se rencontre une fois, on se côtoie plus loin, on se retrouve encore là, les programmes changent, les routes se croisent et se décroisent. On reste en contact par mail, puis le fil se détend et finit parfois par rompre. Cette vie de nomade favorise les amitiés rapidement gagnées mais aussi vite perdues. Luna est sensible, elle s'attache facilement aux gens, alors chaque séparation devient pour elle un calvaire. Et puis, ce voyage, elle ne l'a pas entrepris pour vivre en communauté avec les globe-flotteurs, ces voileux voyageurs ; ce qui l'intéresse, c'est de rencontrer les habitants des pays et des îles qu'elle visite. Les autochtones. D'accord, elle sort d'une mauvaise expérience avec Miguel, et encore avant, avec José et Maria, mais sa relation avec Julia à Trinidad ou avec les femmes en pays kuna, ça vaut tous les trésors du monde. Elle feuillette pensivement le carnet sur lequel elle colle les cartes de visite des voiliers rencontrés : Canada, Norvège, France bien sûr, Italie, Allemagne, Belgique, États-Unis, Japon même, Australie, Nouvelle-Zélande, Suède, Tchéquie, Pologne, Suisse, déjà un beau palmarès !

En se promenant à Atuona, la ville principale de l'île d'Hiva Oa, Luna fait la connaissance de Marie-Paule. C'est un peu la prêtresse des marins tourdumondistes. Elle fait les lessives, prépare des repas marquisiens et organise des visites guidées à bord de son pick-up. Marie-Paule est joviale, accueillante, elle adopte, sans hésiter, la jeune solitaire qui arbore le même âge que sa propre fille ; celle-ci, d'ailleurs, doit se marier sous peu. Marie-Paule et Luna passent leurs journées ensemble à papoter, à cuisiner. Luna s'initie à la culture marquisienne et se laisse envoûter. Elle porte maintenant la fleur d'hibiscus à l'oreille, comme il se doit, à l'oreille droite ; la porter du côté gauche, du côté du cœur, signifierait qu'elle est prise. Sa démarche se fait aussi plus lente, plus lascive, elle se met à l'écoute de son corps, se repose quand elle est fatiguée, se détend sous un arbre en écoutant le ressac, elle se laisse vivre, elle savoure cette vie et toutes les magnifiques merveilles que la nature lui offre. Elle se sent proche de cette nature, respire le parfum des fleurs, écoute le vent dans les grands arbres, passe des heures à arpenter les sentiers escarpés entre collines et montagnes. Fréquemment, elle rend hommage à Brel, enterré près de Gauguin, dans le petit cimetière qui domine l'immensité de l'océan Pacifique. Ces deux grands hommes, tombés l'un et l'autre fous amoureux des Marquises, sont réunis à jamais sur cette île du bout du monde. Luna dépose une pierre blanche sur la tombe du grand Jacques. Marie-Paule se souvient encore du séjour de la star, alors qu'elle était enfant, les habitants en gardent tous un souvenir extraordinaire, sa gentillesse, sa bonne humeur. Maddy, sa compagne guadeloupéenne, donnait des cours de danse, il assurait quant à lui des rotations avec son petit avion, Jojo, pour chercher des médicaments, transporter des malades, notamment les enfants chez le dentiste, ayant lui-même beaucoup souffert des dents. Les Marquisiens avaient su l'accueillir d'abord en tant qu'homme, oubliant sa célébrité, dont ils n'avaient d'ailleurs pas tous conscience. Quelle destinée ! Brel aussi était arrivé à Hiva Oa en voilier. La comparaison s'arrêtera là.

Un mois déjà et Luna se sent marquisienne. Elle se maquille et s'habille élégamment pour le mariage de la fille de Marie-Paule. Quelle fête, deux cents invités, presque toute l'île est là, même les cousins des îles marquisiennes voisines. Le barnum est installé dans le jardin, les convives boivent, mangent, dansent et se délassent, en bons Polynésiens, ils prennent le temps de vivre. Clou de la soirée : le haka d'Ua Pou, la bande de copains et cousins de l'île voisine. La musique est rythmée, les hommes à moitié nus arborent des muscles saillants sous des tatouages divins. Ils sont nombreux, dix, vingt, Luna ne saurait dire, elle n'a d'yeux que pour cet adonis qui danse juste devant elle. Jamais elle n'avait vu un homme comme lui.

L'homme avec un grand H.

The mec !

Lui aussi la regarde, à la dérobée, il semble timide, est-il intéressé ?

Les hakas sont terminés, le hasard, ou Cupidon, les fait se rencontrer devant la table des desserts. Luna est hésitante ; de toute façon, son estomac est noué, pas faim du tout, elle est encore sous le charme du spectacle musical et de son beau Polynésien. Elle lui demande gauchement :

— C'est vous le danseur de haka ?

Il lui répond plus lamentablement encore :

— Oui, et vous êtes la navigatrice parisienne ?

Ils en resteront là.

— C'est pas vrai, se dit Luna, mais quel âge j'ai ? Je me comporte comme une adolescente boutonneuse, reprends-toi, ma vieille, ce n'est qu'un beau mec, pas de quoi casser trois pattes à un canard ! Tu savais mieux t'y prendre au Queen et aux Bains ! Quelle gourde !

Noce terminée, retour de noce aussi, ouf. Fini le ma'a, ce délicieux plat local, un genre de pot-au-feu cuit à l'étouffée sous des pierres, finie la musique, repos à bord de *Baradoz* en vue du départ imminent vers les Tuamotu. Luna se concentre, avec gaucherie, sur ses préparatifs, des bricoles à réparer, une housse de voile à recoudre, son esprit est ailleurs, il s'évade au son d'un haka musclé et luisant de sueur… Un cri sur le quai. C'est Marie-Paule et sa manie de parler sans jamais descendre de son pick-up rutilant.

— Que se passe-t-il ? lance Luna.

Et, in petto :

— Mince alors, les adieux d'hier étaient déjà assez déchirants, je lui avais expressément demandé de ne pas venir sur le quai !

— Luna, j'ai besoin de toi, s'égosille Marie-Paule. Gaston et Tony ont loupé le bateau pour Ua Pou, il n'y aura pas d'avion avant deux jours, et ils doivent prendre leur service demain à huit heures, ils sont pompiers. Tu pourrais les déposer, c'est sur la route des Tuamotu, non ?

— Allez, OK.

Et, en elle-même :

— Mon bon cœur me perdra, mais je dois bien cela à Marie-Paule, qu'est-ce que c'est que ces deux ballots, pas foutus de prendre un bateau à l'heure !

Quand Gaston dépose son sac à bord de *Baradoz*, il affiche un sourire, la banane, un visage de conspirateur ! Tony, lui, n'en mène pas large. Luna aussi est toute chose. En lorgnant Tony, elle revoit l'Apollon à demi nu qui l'a séduite à la noce. Les Chippendales, à côté, c'est de la daube d'opérette ! Comment aurait-elle pu deviner qu'elle aurait à convoyer cet homme séduisant jusqu'à Ua Pou, elle qui n'avait même pas osé lui demander son prénom. Les voici tous les trois prêts à lever l'ancre, hisser les voiles, course contre la montre, Ua Pou n'est pas tout près et il faut arriver avant huit heures. C'est de la régate, ça ! Au moins, cette pression permet à Luna de se concentrer sur les manœuvres et surtout d'essayer d'oublier le beau Marquisien, qui, quant à lui, ne perd pas une miette du spectacle, en l'observant à la sauvette. Gaston semble plié de rire, comme s'il saisissait tout du manège, ou, pire, comme s'il l'avait manigancé…

Sept heures, *Baradoz* est amarré le long du grand quai commercial d'Ua Pou. Gaston et Luna ont passé la nuit à bavarder de choses et d'autres, alors que Tony restait figé derrière un mur de silence, comme indifférent aux choses de cette terre. Luna est hors d'elle, elle n'ose lui montrer un quelconque signe d'intérêt même si elle en meurt d'envie. En réalité, elle souffre le martyre, partagée entre le souhait de voir débarquer ce gougeât qui ne la regarde même pas, et le désir d'arrêter le temps pour, encore, savourer le plaisir de le détailler sous toutes ses coutures… et sous un ciel étoilé.

Gaston jette leurs deux sacs de voyage sur le quai, la salue d'une vigoureuse poignée de main, Tony lui fait discrètement un petit signe d'adieu, du bout des doigts. Luna redescend dans le carré de *Baradoz*, faussement affairée.

— Oh, le collier tiki en os de Tony est resté sur la table à cartes.

Elle s'en saisit et éclate en sanglots. Un léger bruissement lui fait relever la tête, c'est Tony qui est certainement revenu chercher son bijou fétiche. Il la surprend en larmes. Son regard oscille entre le collier et la prunelle si bleue des yeux de Luna. Il s'approche lentement, la prend délicatement dans les bras, se penche vers elle et l'embrasse tendrement. Un feu d'artifice explose sous les paupières closes de la belle qui se laisse submerger par la douce sensation de cet amour naissant. Jamais elle n'avait ressenti une telle plénitude. Par le hublot, elle aperçoit Gaston qui embarque seul dans le camion rouge et chrome, le visage fendu d'un sourire entendu.

De Chloé
À Luna
Le 14 juillet 2013
Objet : Qu'est-ce que tu fous !

Salut beauté, je n'arrive pas à te toper sur Skype, le décalage horaire, je suppose. Paris défile sur les Champs, c'est ennuyeux à mourir. Ma vie de célibataire n'est pas si désagréable. Je vois souvent les filles, tu as le bonjour. On se termine au Café-théâtre, on se fait des concerts, ça bouge. Petit potin du jour : ton ex, Fred Lévy, il s'est fait lourder par sa rombière, la journaliste n'a pas supporté d'être encore trompée, et cette fois par la comptable de la mairie, un boudin en plus ! Ça a encore fait la une des tabloïds, il a dû prendre quinze kilos dans l'affaire, beurk, je me demande encore ce que tu faisais avec un mec comme lui, deux fois ton âge par-dessus le marché !

J'ai lu et relu tes derniers messages, mais je ne pige pas tout. D'abord, tu m'annonces que tu pars sur les Tuamotu et que tu comptes atteindre Bora-Bora en août. Puis je vois que tu restes faire du tourisme à Ua Pou. Je sais, je dois prononcer « ouapow ». Là, tu me racontes tes randonnées, tes activités bénévoles pour les enfants en difficultés scolaires, tu m'annonces que tu apprends à parler marquisien et que tu es inscrite dans une école de danse. OK. OK. Moi, pour reprendre l'expression de ton père, je dis qu'« il y a crapaud sous menhir ». Et ne me prends par pour une c...

Bon, quand tu veux, tu racontes !

Sinon, bonne nouvelle, j'ai obtenu de mon boss trois semaines de congés en septembre. J'ai mis de côté de quoi payer l'avion pour Tahiti, comme on se l'était promis aux Tobago Cays. Dis-moi ce que je dois faire, j'ai comme un pressentiment que tu ne seras pas à Bora en septembre !

Tchuss

Chloé

PS : J'attends tes confidences de pied ferme, et C'EST UN ORDRE !!!!!

De Luna
À Chloé
Le 20 juillet 2013
Objet : Il s'appelle Tony

Mea culpa.

Je sais, je n'ouvre pas souvent mes mails, mais je suis très occupée. Comme toujours, tu m'as percée à vif. Oui, il y a quelque chose qui me retient à Ua Pou, ou plutôt quelqu'un. Il s'appelle Tony, il a vingt-six ans, il est absolument, éperdument, indiscutablement génial. Cela fait deux mois qu'on se connaît, on ne se quitte plus d'une semelle, je l'aime. Je l'aime depuis le premier instant, mais je voulais attendre un peu pour t'en parler. Chat échaudé craint l'eau froide... Cette fois, c'est du sérieux, je veux trop que tu le rencontres, tu vas l'adorer. Il est pompier, il danse le haka dans un groupe, il chasse le cochon sauvage, il plonge pour me ramener des langoustes, c'est l'Homme ! Oui, avec un grand H ! Celui dont je n'aurais jamais osé rêver. Il vit maintenant à bord avec moi, ses deux jeunes frères habitent avec sa mère au village, sa sœur travaille à l'hôpital de Papeete et son grand frère est sous-marinier sur Le Téméraire à Brest. Tu vas l'aimer, mon Tony, j'en suis sûre. Quant à mes projets, je ne sais pas quoi faire, alors je reste à Ua Pou. On n'a pas encore parlé de ça. J'aimerais trop que tu nous rejoignes ici, tu prends ton billet pour Tahiti et je paye le vol jusqu'aux Marquises. Ce n'est pas trop cocotier et vahiné, mais tu verras, les Marquises, c'est le top. Réserve vite tes avions, je t'attends. ON t'attend, Tony a lui aussi hâte de te rencontrer.

Tchuss

Luna

Le reggae marquisien de Takanini, le groupe de Nuku Hiva, l'île voisine, remplit la cuisine de Cécilia, la mère de Tony. Seul un petit grésillement bien particulier trouble l'ambiance. Luna est allongée sur la table, torse nu. Tony est aussi tatoueur, il lui décore le bas du dos d'un motif marquisien de sa création. Luna veut marquer ainsi à jamais son amour pour les Marquises et pour son séduisant Marquisien. La douleur est supportable, elle ne laisse rien paraître, elle veut que Tony soit fier d'elle. Se faire tatouer par son homme, à quelques centimètres de ses fesses rebondies et bronzées, c'est naturellement un moment assez sensuel. L'artiste est concentré, pas le moment de se rater. Ce tatouage-là, il espère bien le contempler le restant de sa vie.

Tout sépare ces deux compères. Il est brun et fort, elle est blonde et fluette. Il est marquisien, elle est parisienne. Lui pompier, elle avocate. Il chasse des bêtes sauvages, elle n'est pas capable de tuer une araignée. Il est entouré de frères et sœurs et d'une mère affectueuse, elle est seule au monde. Et puis, elle parcourt les océans, alors que lui ne connaît que Tahiti et les Marquises, Tahiti car il y a fait la pension aux collège et lycée de Papeete, mais sinon, il ne sait rien du monde, et d'ailleurs, cela ne le dérange aucunement. Son île, c'est sa vie, et elle lui convient parfaitement. Tony vit en osmose avec l'environnement qui l'entoure, la mer, les montagnes ; Luna, quant à elle, n'est qu'une citadine de passage. Mais, sans conteste, ces deux-là se sont trouvés et s'aiment. Leurs discussions sont passionnées. Petit à petit, ils échangent leurs points de vue et confrontent leurs idées. Elle lui explique Paris et la France de métropole, il lui dévoile les Marquises et la Polynésie. Il lui apprend la plongée en apnée, lui fait visiter tous les recoins les plus reculés d'Ua Pou. Ils organisent des bivouacs en montagne, s'aiment devant des feux de bois à la belle étoile. Tony est heureux de la voir devenir polynésienne, elle fait des progrès incroyables dans la troupe de danse, elle s'entraîne avec acharnement, et dans la cabine d'un voilier, ce n'est pas si simple !

Luna fréquente aussi la communauté blanche d'Ua Pou, les expats ; ici, ils les appellent les popas. Il y a la CPE du collège, débarquée sur l'île deux ans auparavant, avec son prof de sport de mari, le couple n'a pas résisté aux langueurs polynésiennes. Le prof s'est laissé séduire par de jeunes vahinés, pas malin, dans un bled de trois mille âmes, le ragot fait vite le tour. C'est triste, ils vivent maintenant chacun de leur côté, deux célibataires. Elle attend une mutation pour La Réunion et lui un retour dans sa Bretagne natale. Il y a aussi le toubib, appelé le taoté, un Savoyard fraîchement diplômé. Au volant de son pick-up ambulance, il sillonne l'île de dispensaire en dispensaire. Si, par bonheur, le week-end est calme, il escalade falaises et pics rocheux, recherchant sensations fortes et vues exceptionnelles. Il s'amuse aussi avec les filles du coin, toujours partantes pour l'aider à parfaire ses connaissances en anatomie. Faut dire qu'il est beau gosse, le médecin, et la Polynésienne est une hédoniste. Gauguin s'en était rapidement aperçu. Une autre figure locale, le photographe est un des rares Polynésiens du métier. Il fait des portraits sublimes de Marquisiens en costume traditionnel ainsi que des paysages hiératiques. Tony a accepté de poser une fois, pour rigoler. Depuis, il trône sur le frigo de Cécilia, figé au mois de septembre du calendrier 2010. Ironie du sort, c'est ce mois-là que Luna a perdu ses parents. Progressivement, Cécilia s'est laissé amadouer par la gentillesse et la franchise de l'amie de son fils. Les débuts n'ont pas été simples, elle se méfiait de cette « fille en bateau », mais le temps leur a permis de mieux se connaître, Cécilia est maintenant comme une mère pour Luna. Elle adore son fils, et de le voir si heureux avec une femme, elle en est venue à chérir Luna, Luna la Parisienne.

Septembre est déjà là, c'est donc le printemps, même si les saisons ici ne sont guère très marquées. Chloé est dans l'avion de Tahiti, Luna l'attend impatiemment au bord de la piste.

— Elle est drôle cette piste, en pente douce, vers la mer, je n'aimerais pas être le pilote de l'avion ; bah, il doit avoir l'habitude, se dit-elle.

Chloé est blanche comme un cachet d'aspirine, vingt-quatre heures de vol jusqu'à Papeete, une nuit, petite nuit, à l'hôtel et direct dans l'avion des Marquises pour quelques heures de plus. Elle est sur les nerfs mais enchantée d'être enfin arrivée.

— Ça ne ressemble pas aux cartes postales de Polynésie, commente-t-elle, peu enthousiaste.

— Les calendriers de Polynésie ne montrent que des photos de Bora Bora et de Moorea. Ici, ce sont les Marquises, vastes et sauvages. Laisse-toi le temps de découvrir avant de juger.

Un repas de fête est préparé chez Cécilia pour accueillir l'amie de Paris. Traditionnel collier de fleurs, ma'a au menu. Chloé ne rêve que de se baigner dans les eaux bleues du Pacifique. La plage est déserte et les vagues déferlent sur le sable noir qui confère à l'océan une couleur sombre, rien à voir avec le lagon, mais c'est un tel ravissement. Le planning de Chloé s'est bien rempli avec de nombreuses randonnées dont le clou sera la fameuse Traversière, quatre heures de sentiers escarpés le long des trois pics qui dominent Ua Pou. À l'arrivée, un plongeon dans l'eau fraîche d'une cascade et le retour en pick-up, en chantant à tue-tête les derniers tubes qui défilent à la radio, les gazelles sont déchaînées, Tony déconcerté, peu coutumier à de tels débordements de la part de sa dulcinée.

La commune a organisé une grande fête pour la rentrée des classes, c'est le grand jour pour Luna, elle va enfin danser en public. Pendant le repas, les groupes se succèdent, la troupe de Tony chauffe la salle avec un haka mémorable. Quand vient le tour de Luna, l'aventurière est tétanisée. Pas commode de s'exhiber en paréo, avec juste un petit bout de tissu autour de la poitrine, le nombril à l'air. Pas facile de danser en rythme, lascivement, en roulant du bassin. Mais quand, en plus, dans le public, il y a sa meilleure copine et l'homme de sa vie, c'est sûr, cela devient l'épreuve suprême ; les JO, à côté, c'est du pipi de chat ! Luna s'en sort remarquablement bien, et puis la beauté de ses yeux bleus profonds, la perfection de son corps ambré et l'ardeur qu'elle déploie compensent largement les quelques maladresses que seuls les plus avertis ont pu dénoter. Même Cécilia est conquise. Elle est une référence en la matière, couronnée Miss Heiva 1977, c'est tout de même la plus haute distinction, décernée à l'occasion des festivités de juillet dans toute la Polynésie. Chloé, quant à elle, est scotchée de voir comment sa camarade s'est intégrée à la culture locale.

— Elle est passée où l'avocate distinguée, accro de cinéma et incollable en ragots mondains ?

Légèrement enivrée par le vin tahitien, Chloé se berce des belles paroles de Yannick, le prof de sport. C'est qu'il n'est pas avare de jolies anecdotes sur cette île qu'il adore presque autant que sa Bretagne natale. Il lui explique les tikis, les rites sacrés marquisiens, la signification du tatouage, il est intarissable sur la culture polynésienne, elle ne pouvait espérer meilleur guide parmi les popas originaires de la métropole. Chloé se déchaîne sur la piste avec son séducteur tandis que la musique internationale a pris le relais des musiciens indigènes.

— J'ai adoré la soirée, tu as été formidable, ma Luna, minaude Chloé au réveil.

— Ah tu trouves ? Merci, choupette.

— Tu sais, je m'disais… c'est quand même dommage d'avoir fait tout ce chemin sans avoir vu Bora-Bora.

— Arrête avec ça, c'est comme si tu visitais la Suède et regrettais de ne pas avoir traversé la Normandie, c'est hyper loin Bora, si tu veux savoir !

— Ouais, mais moi j'dis, c'est quand même ballot, et puis le lagon, les cocotiers, le sable blanc, j'aurais aimé voir ça en vrai.

— Toi, tu n'essayerais pas de me dire quelque chose ?

— Ben… euh… ouais, bon, écoute, Yannick… non, pour l'instant, il n'y a rien entre nous, mais, tu vois… il part avec ses élèves à Bora pour quatre jours, une sorte de tournoi de foot, si j'ai bien compris, et, ben, en fait, il… il m'a proposé, tu vois, si je voulais, tu vois, il m'a dit que je pourrais peut-être l'accompagner…

— Et ?

— Je suis gênée, je n'me souviens plus trop bien, mais… j'crois bien que je lui ai déjà dit oui. Oh Luna, je m'rends bien compte que ça ne te plaît pas, allez, laisse béton, on n'en parle plus, je reste ici avec toi comme prévu.

— Tu plaisantes, j'espère ! Si tu as un plan pour t'envoyer en l'air avec le plus beau Breton de l'hémisphère sud, et dans le plus beau lagon du monde, vas-y, ma princesse, tu as ma bénédiction. Je m'en voudrais de te faire louper ça !

— Oh, comme je t'adore !

— Laisse tomber.

— Promis, tu ne feras pas la tête ?

— Meuh non, tu pars quand ?

— Demain !

— Ah quand même, je ne voyais pas ça si vite.

— Dis, Luna, tu crois que Tony aura le temps de me tatouer l'épaule ? J'en rêve depuis des années, et cette fois, je suis décidée, une raie manta !

C'est donc une Chloé bronzée et tatouée qui monte, le lendemain, à bord du petit avion, au côté d'un éphèbe athlétique et d'une équipe de foot prépubère surexcitée. Elle est encore chamboulée de laisser sa copine, même si elle la sait entre de bonnes mains. Et puis ses hormones la titillent, ça lui fera du bien de se laisser draguer, chouchouter et plus si affinités…

De Chloé
À Luna
Le 4 octobre 2013
Objet : Yannick

Je pose tout juste ma valise, trop énervée, trop hâte de t'écrire. Bora, c'était le paradis. Il faut vraiment que tu y ailles, avec un bateau, ce doit être encore mieux. Quoique. Mieux, ce serait difficile. Moi, j'y ai vécu quatre jours de rêve. Lagon bleu, poissons multicolores, j'ai même vu un requin, tu te rends compte ! L'hôtel était extra, et puis, et puis, il y avait Yannick, c'est un mec génial, tu sais.

Bon, je te passe les détails, mais on a, comme qui dirait, « conclu ». On a fait affaire, quoi ! J'te raconte pas la séparation à Papeete, lui repartant aux Marquises, et moi prenant l'avion de Paris. Je suis verte de jalousie, toi, tu vas pouvoir le voir. Grrrrh !

Alors voilà, on a des projets. Il va casser sa tirelire et venir me voir aux vacances de Pâques, que j'ai hâte ! S'il te plaît, surveille-le pour moi, j'ai trop peur qu'il se laisse tenter par une fille d'Ua Pou, elles sont belles, c'est sûr, et je sais qu'il a déjà craqué plus d'une fois, il me l'a dit.

Bon, je vais essayer de dormir un peu, histoire de rêver de lui. Avec le jet lag, je ne suis pas certaine d'y arriver.

Merci encore pour ces vacances incroyables.

Tchuss

Chloé

Pendant que Chloé vit sa folle passion bretonne aux îles de la Société, l'ambiance est tout autre du côté d'Ua Pou. Cécilia est souffrante. Tout a commencé par une attaque de ciguatera, cette maladie qu'on appelle communément la gratte, et qui provient d'une toxine transmise par les poissons de récifs. La toxine s'accumule dans le corps humain et déclenche des crises plus ou moins graves. Pour Cécilia, celle-ci est sérieuse : fièvre, pertes de connaissance, état léthargique, agueusie, sensation inversée de chaud et froid, le tout accompagné d'une intense fatigue. Elle est alitée au dispensaire. Le jeune taoté ne la lâche pas d'une semelle, Tony et ses petits frères la veillent en alternance. Maëlla, la sœur de Tony, a débarqué de Tahiti, alarmée par l'état de santé de sa mère. Luna essaye d'aider à sa façon, en gérant la maison, en s'occupant des deux adolescents, elle laisse le noyau familial à sa douleur et demeure discrètement en retrait. Le médecin commence à évoquer une Evasan (évacuation sanitaire) sur Tahiti, mais elle est si faible qu'il hésite encore. Et puis, un matin, miraculeusement, elle reprend vie, réclame à déjeuner, veut voir son petit monde auprès d'elle, c'est reparti, Cécilia est à nouveau la cheffe de famille. Le toubib n'y comprend rien, mais la nature humaine n'a pas fini de surprendre le jeune praticien. Cécilia est reconnaissante envers Luna pour avoir géré la crise et surveillé ses petits gars, douze et quatorze ans, de grands gaillards déjà. Puis la vie reprend son train-train. Les garçons reprennent leurs activités, Maëlla retourne à son travail à l'hôpital de Papeete. Luna bricole sur *Baradoz* et poursuit son exploration des Marquises. Elle est heureuse, heureuse de voir Cécilia reprendre pied, heureuse de revoir le sourire de Tony après ces longues semaines de veille angoissée, heureuse aussi de savoir sa meilleure amie amoureuse, même si cette histoire n'est pas simple. Chloé à Paris, Yannick en Polynésie, difficile de faire plus éloignés. Luna espère seulement que la force de l'amour pourra surmonter les aléas de la géographie. Autre bonne nouvelle au tableau, Julia vient de lui envoyer un message, elle a enfin réussi à se défaire de ses démons, elle ne se drogue plus et ne boit plus, Johanna a encore eu d'excellents résultats scolaires, tout va bien du côté de Trinidad.

Aujourd'hui, l'Aranui fait escale. Le caboteur, communément appelé la « goélette » en souvenir des temps anciens, ravitaille les habitants, embarque des fruits, production d'Ua Pou pour le marché de Papeete, et débarque son lot de touristes en visite sur la plus belle île des Marquises. Comme chaque fois, les quidams sont accueillis par les danseurs et danseuses, c'est à peine s'ils jettent un œil désabusé au spectacle. En revanche, ils se ruent sur les étalages de souvenirs, artisanat en tous genres : tikis en bois, colliers en os, tapas (papyrus marquisiens joliment décorés de motifs). Luna est vexée, une Marseillaise à l'accent prononcé s'est ouvertement moquée d'elle, alors qu'elle dansait avec son groupe, la traitant de « petite blanche qui joue à la Tahitienne ». Il est vrai que même bronzée, elle détonne avec ses yeux clairs et ses cheveux dorés, mais elle se sent tellement marquisienne. Une Japonaise cherche à acheter le collier en os qu'elle porte autour du cou. C'est celui de Tony.

— Mais qu'imagine-t-elle ? Que tout s'achète, tout se vend ?

Quel manque de tact ! Luna rentre à bord de *Baradoz*, en rage. Tony la rejoint peu après, lui propose une pêche à la langouste, et le moral remonte en flèche.

22 octobre, c'est l'anniversaire de Luna, 31 ans, déjà ! Tony lui a concocté une petite soirée en tête-à-tête : panier pique-nique et dîner sur la plage. Il a même prévu un Saint-Émilion, il y a laissé sa chemise, le vin est si cher dans les îles. Quand il lui offre son cadeau, Tony est rayonnant. Un ukulélé. C'est un de ses oncles d'Omoa, un village à Fatu Hiva, qui l'a confectionné, un des derniers luthiers marquisiens. Il avait noté qu'elle s'échinait de temps en temps sur sa guitare, alors l'idée d'un ukulélé avait germé. Luna inonde la nuit noire de mélodies polynésiennes.

— Ce sont des moments comme celui-là que voulaient vivre mes parents, se dit-elle, mélancolique. Oh, comme ils avaient raison de vouloir entreprendre ce voyage ; s'ils avaient su, ils seraient partis plus tôt…

Luna se laisse aller contre l'épaule large de Tony, les nuits sont fraîches sous les tropiques. Une étoile filante traverse le ciel.

— Fais un vœu, s'écrie Tony.

Leurs yeux se croisent, leurs regards s'embrasent. L'amour est à la fois si violent et si doux.

Tony a remarqué que, depuis quelque temps, Luna est nerveuse. Depuis quand ? Depuis le départ de Chloé, il y a un mois, peut-être. Il n'ose lui poser la question franchement, c'est comme un mal-être permanent, elle est de plus en plus taciturne. Sa belle Luna est dans la lune, des vagues de mélancolie la submergent. Sous ses airs un peu rustres, un peu homme des montagnes, Tony est sensible aux changements d'humeur de sa compagne. Luna, elle, ne dit rien. Elle pense beaucoup, elle s'interroge sur la suite à donner à tout cela. Doit-elle rester vivre ici avec Tony le reste de sa vie ? Elle ne peut le concevoir. Doit-elle repartir et le laisser avec les siens ? C'est au-dessus de ses forces. Bref, elle est dans l'impasse. Mi-parisienne, mi-marquisienne, elle n'est finalement plus rien. Elle n'est plus personne. Elle en a perdu son identité.

— Tu aurais un billet de cinq cents francs ? demande Tony, alors que la soirée est déjà bien avancée.

— Je n'sais pas, attends ; oui, tiens.

— Regarde ! Tu vois, c'est Ua Pou, et les trois pics, là.

— Oh oui, je ne m'en étais même pas aperçue, ils sont si beaux les billets de banque, il y a des couleurs, ils me rappellent le temps du franc, le temps où j'étais une petite fille insouciante.

— Retourne-le. Tu vois, de l'autre côté, c'est Hienghène, et là, c'est la poule, un rocher bien particulier.

— C'est aux Marquises aussi ?

— Mais non. Tous les billets sont valables en Polynésie et en Nouvelle-Calédonie. L'autre face, c'est donc en Nouvelle-Calédonie.

— Oh.

— Depuis toujours, je me suis juré qu'un jour, j'irai là-bas, pour voir la poule de Hienghène. C'est mon rêve à cinq cents francs. Qu'est-ce que tu en dis ? Tu m'aiderais à vivre mon rêve à cinq cents francs, ma petite marinette adorée ?

Luna n'en croit pas ses oreilles. Tony, son Tony, veut partir, avec elle, sur *Baradoz*, prendre la mer, vers l'Ouest. Il y pensait depuis un moment déjà, sentant combien il était important pour Luna d'aller au bout de son voyage, pour elle, d'abord, et pour ses parents. Tony ne veut pas la perdre, il est prêt à quitter son île, sa famille, pour elle, il irait au bout du monde. Ça tombe bien, c'est là qu'elle veut l'emmener.

Pour commencer, Luna lui propose de caboter un mois, autour de Nuku Hiva, l'île principale des Marquises, afin de s'amariner, d'apprendre les manœuvres. Il est surtout trop tôt pour aller vers l'Ouest, la saison cyclonique n'étant pas terminée, et il leur faut également attendre la fin du préavis professionnel de Tony. Les amoureux profitent donc des congés du pompier et appareillent pour Taioahé, la « capitale » marquisienne. La traversée de quelques heures est douce et paisible. En pénétrant dans la profonde baie, Luna lance la musique de Vangelis à pleins tubes, *1492*, comme lorsque Christophe Colomb a découvert l'Amérique ; oui, enfin, la musique, c'est juste dans le film. Le soleil est éblouissant, les montagnes vertigineuses, la baie est suffisamment refermée pour offrir aux bateaux une protection efficace contre la houle du large.

Caro gère le Yacht service, une échoppe au service des voiliers de passage, elle fournit des plats préparés, la baguette du matin. Luna sympathise, papote chaque jour, heureuse de se faire là une bonne copine. C'est la ville ici, il y a un hôpital, des administrations et même une librairie-presse. Cela tombe bien, Luna est en retard côté presse people depuis le départ de Chloé. Les couples se font et se défont dans le showbiz, Paris semble morose d'après les articles du *Point* et du *Nouvel Obs*. L'avocate se sent à la fois complètement détachée de l'actualité dans le monde, et en même temps tellement concernée par l'avenir de sa belle planète bleue.

Tony manigance quelque chose. Il lui organise une journée marquisienne. Départ en 4x4 sur les pistes escarpées, puis promenade à cheval sur les collines verdoyantes, Tony monte à cru ; pour Luna, c'est une belle selle de bois, un peu dure pour son joli petit postérieur, mais l'exploration de cette nature sauvage vaut bien quelques sacrifices. En rentrant, une fois n'est pas coutume, Luna invite son compagnon pour un drink au bord de la piscine à recouvrement du grand Resort de Taioahé, le seul hôtel de l'île, d'ailleurs. La vue sur les voiliers de la baie, et donc sur *Baradoz*, est saisissante. C'est réjouissant de jouer ainsi aux vacanciers ; d'ailleurs, le personnel de l'hôtel les croit en voyage de noces, ils en pouffent de rire. Le tourisme de masse n'est pas près d'atteindre les Marquises ; même pour le Tahitien, c'est très cher de venir jusqu'ici, mille cinq cents euros le billet, rien que ça !

Luna et Tony entreprennent le tour de l'île, à la découverte des nombreuses baies qui jalonnent la côte déchiquetée de Nuku Hiva. Même s'ils s'arrêtent souvent devant des villages, ils se sentent seuls au monde, face à une nature généreuse. Ils visitent des maraés et autres sanctuaires sacrés, se font offrir pamplemousses, papayes et mangues par des habitants au cœur d'or, se prélassent dans une eau claire et chaude : les vacances ! Tony assure le ravitaillement, langoustes et poissons au menu. À Anaho, le décor est différent, une cocoteraie, du sable clair, une petite idée des Tuamotu. Des raies pastenagues et des requins à pointe noire jouent autour de *Baradoz*. Luna s'est habituée à nager avec les requins, ils sont beaux, majestueux, fiers. Quelle fumisterie ce film des *Dents de la mer*, cela n'a fait que créer une psychose disproportionnée et surtout propice au développement acharné de leur chasse sauvage, de leur extermination même, surtout par les Japonais. Tony ne regarde pas la télé, ne va pas au cinéma. Le requin, il le côtoie depuis tout petit. Il y a parfois des accidents, mais ils sont dus, pour la plupart, à une négligence humaine.

Plus loin, à Hakaui, les deux soupirants suivent un long sentier qui les mène au pied d'une vertigineuse cascade. Les habitants de cette vallée vivent en reclus, isolés du reste de l'île par des montagnes infranchissables. Cette île regorge de secrets à découvrir, l'homme est loin d'en avoir tout exploré, c'est grisant pour une citadine comme Luna de fouler de tels territoires sauvages.

De retour à Taioahé, Luna est invitée au cocktail donné par le nouveau préfet. Tables et chaises de cérémonie, petits plats dans les grands, les popas sont tous invités, le gratin local est présent ainsi que quelques pique-assiettes qui se faufilent entre les buffets. Tony est mal à l'aise dans ce genre d'ambiance. Le champagne coule à flots ; quand on connaît le prix d'une bouteille, on comprend mieux où part l'argent du gouvernement polynésien… La Polynésie est un territoire français dirigé par un gouvernement autonome basé à Papeete. Mais les Marquisiens, ayant le sentiment de se faire léser par Tahiti, semblent d'abord fiers d'appartenir à la France. Luna est soudain distraite par une conversation animée derrière elle. Elle pivote et reconnaît l'un des associés de chez Baumann, un de ses anciens patrons, en quelque sorte. Il l'aperçoit, stupéfait.

— Mais que diable faites-vous ici ?

— Je vous retourne le compliment, ironise-t-elle.

— Ok, je commence. Je suis en congé, trente ans de mariage, cela méritait un endroit tel que celui-ci. Et vous-même, Mademoiselle Dorval ?

— Eh bien, après mon licenciement, j'ai entrepris un tour du monde à la voile, c'était le rêve de mes parents, ils n'ont pas vécu assez longtemps pour le réaliser, alors j'ai repris le flambeau.

— Mais c'est extraordinaire tout cela, personne ne m'en avait soufflé mot à la boîte. Vous savez, je reste persuadé que votre renvoi a été une lamentable erreur ; votre joie de vivre, vos sautes d'humeur, et surtout votre professionnalisme nous manquent. Contactez-moi quand vous remettrez les pieds à Paris, j'aurai certainement quelque chose à vous proposer.

Luna ressort de cette conversation mi-figue mi-raisin.

— Paroles en l'air, démagogie de comptoir, va savoir ? À chaque jour suffit sa peine, on verra les problèmes de boulot plus tard.

Les mondanités, ça va cinq minutes, alors Luna et Tony regagnent *Baradoz*, dévorent du thon cru copieusement arrosé de jus de citron, et s'endorment, satisfaits de leur virée à Nuku Hiva. Tony a même revu ses copains du lycée. Pas évident de garder le contact avec ses amis d'enfance lorsqu'on vit aux Marquises. Tony a suivi l'école primaire à Ua Pou. D'autres, sur de plus petites îles, n'ont pas cette chance et doivent partir en pension à Hiva Oa, dès huit ans, vivant loin de leur famille, ne rentrant qu'aux vacances, et encore, seulement si les parents peuvent payer le bateau ! Tony aurait pu faire le collège à Nuku Hiva, mais la pension coûtait trop cher pour Cécilia qui avait préféré l'envoyer à Tahiti, où il était logé chez une cousine. Cette pratique est courante, les parents préfèrent savoir leur progéniture en sécurité dans un cocon familial plutôt qu'en pâture dans un pensionnat. Toujours est-il que c'était bien jeune pour quitter les jupes de sa mère, Tony en est resté très marqué. En revanche, il a lié, durant ces années-là, des amitiés indéfectibles, ses copains étant maintenant disséminés sur un territoire vaste comme l'Europe. Certains à Tahiti, d'autres aux îles de la Société ou aux Tuamotu, c'est sympa d'avoir des copains aux quatre coins du monde ; pour les revoir, c'est plus compliqué. Luna se doute que sur le lot, il doit aussi y avoir quelques anciennes aventures, elle est si possessive, rien que d'imaginer qu'il ait pu aimer une autre fille avant elle lui tord les tripes de jalousie. Elle préfère ne pas y penser et écouter les garçons évoquer leurs souvenirs de fêtes à Tahiti, à boire des Hinano jusqu'au bout de la nuit devant le lagon, tout en fumant des substances peu recommandables.

De Luna
À Chloé
Le 4 avril 2014
Objet : Tuamotu avec mon Marquisien

Cela fait presque un an que « le temps s'immobilise, aux Marquises » comme disait Brel et il me tarde de repartir. La décision n'a pas été simple et c'est finalement Tony qui l'a soufflée. C'est maintenant une certitude, c'est ce que je dois faire, c'est ce que je veux faire.

Mon amour repart donc avec moi et je suis au comble du bonheur. J'espère seulement que cette vie nomade lui conviendra. On a fait un bout d'essai à Nuku Hiva et il a adoré. Oh comme je l'aime, mon Marquisien. Ainsi, et pour la deuxième fois, je t'annonce que je quitte les Marquises pour les Tuamotu, ne t'attends pas à du Skype, ni à des mails pendant un bout de temps. Mais j'ai cru comprendre que tu vas être très occupée les prochains jours.

Profite de ton mec.

Tchuss

Luna

De Chloé
À Luna
Le 17 avril 2014
Objet : Paris avec mon Breton

Alors les Bretons, ce sont des drôles, et le mien pire encore ! Il a voyagé par monts et par vaux, Polynésie, Pérou, Australie, États-Unis, et par contre, Paris, il ne connaît pas. J'te raconte pas le boulot. Je lui ai fait faire la tournée des grands ducs, musées, restos, jardins, théâtres, il a eu droit à tout ! Oui, pour le reste aussi, il a eu droit à tout, il est tellement chou ! Alors, il m'a dit qu'il m'aime, et qu'il est prêt à venir vivre à Paris avec moi. L'hallu totale ! Le Breton va quitter ses falaises, son crachin et ses tempêtes ! Je suis folle de bonheur. Il est reparti ce matin, mais mon moral est au beau fixe. Il revient dans trois mois, et cette fois pour toujours. Tout ça, grâce à toi, Luna. Je t'adore, tu sais.

Profite des cocotiers.

Tchuss

Chloé

Luna et Tony coulent justement des jours heureux dans le lagon d'Apataki. Cet atoll des Tuamotu révèle un décor fort différent des Marquises. Seuls les cocotiers assurent le relief, les îlots, les motus sont au ras de l'eau, c'est plat, tout plat.

L'eau est turquoise, le sable blanc, la carte postale. Luna s'adonne à son sport de prédilection, le kitesurf. La glandouille sur la plage ne l'a jamais intéressée ; en revanche, glisser sur l'eau, propulsée par son aile rose et orange, c'est sa passion. Elle y passe tous ses après-midis, dès que l'alizé se lève, elle tire bord sur bord, inépuisablement. Ce n'est pas la foule, pas besoin de surveiller ses arrières, elle est même plutôt seule sur le plan d'eau. Tony la surveille du coin de l'œil, affairé à sa pêche qu'il adore, d'autant plus que ce lagon est particulièrement poissonneux. Les jours de chance, il ramène des langoustes qu'il fait griller au barbecue. Quelle bonne idée ce barbecue en tôle, installé par Youn sur le balcon du voilier orange. Les soirs, les amoureux se promènent sur les motus, à la fraîche, ramassant des cocos. Ils en râpent la pulpe blanche pour agrémenter la cuisine et pour parfumer le rhum qu'ils dégustent ensuite sous la voûte étoilée.

Baradoz est bien sale, dix-huit mois dans l'eau, il est grand temps de refaire sa peinture sous-marine. Il y a, à Apataki, un chantier qui tire les bateaux au sec. Les deux compères passent alors la semaine dans les pinceaux et rouleaux, poste de radio jouant plein pot à proximité. Leurs voisins, des Américains, s'adonnent aux mêmes plaisirs. Ils viennent du Colorado. Ils partagent leurs repas devant la plage, Tony apprend un peu d'anglais, lui qui parle déjà français, marquisien et polynésien. Les Américains sont pleins de vie. Matt se remet tout juste d'un cancer. Dès qu'il a été tiré d'affaire, il a vendu son entreprise de travaux publics, a acheté un voilier, et ils sont partis, ne connaissant absolument rien à la voile, et n'ayant aucun but précis. Ils ont visité le Mexique, les Marquises, ils profitent, ils se la coulent douce. Matt se dit qu'on lui a donné une deuxième chance, il n'avait pas le droit de la laisser passer. Jenny aussi se met aux confidences, l'atmosphère s'y prête. Elle n'a pas eu d'enfants et en souffre terriblement. Elle ne supportait plus les réflexions de la famille, des amis. Matt ne voulait pas entendre parler d'adoption. À quarante ans, ils vivent désormais en mer, et sont bourrés d'entrain, partants pour chercher des langoustes sur le platier au beau milieu de la nuit, pour une partie de pétanque avec les gars du chantier, pour un apéritif surprise. Deux grands gosses. Luna n'évoque pas sa stérilité, c'est un fait qu'elle n'a pas encore digéré. Peut-être parce que la question d'avoir des enfants ne s'est jamais posée, mais, surtout, la façon dont elle a appris sa stérilité l'a tellement bouleversée qu'elle est incapable de se confier sur ce sujet encore brûlant. Chloé est la seule à connaître son terrible secret.

Le fier Pogo 12.50 brille comme un sou neuf lorsque le gros tracteur le dépose dans les eaux turquoise du lagon. Après quelques jours de repos, de pêche et de kite, le couple reprend la mer. Tony veut rendre visite à sa sœur, à Tahiti, où il doit aussi retrouver Cécilia qui vient y subir des examens médicaux complémentaires. Son cœur malade fait encore des siennes.

C'est la fête à Papeete, l'appartement de Maëlla regorge de convives. Elle ne reçoit pas tous les jours sa mère et son frère, alors elle a invité ses nombreux amis. En réalité, elle a une annonce importante à faire : elle va se marier. Justin, marquisien lui aussi, travaille pour Vini, l'opérateur de téléphonie mobile, le couple envisage de se rapprocher rapidement de leurs familles, Maëlla espère un poste à l'hôpital de Nuku Hiva et Justin suivra. Ils se marieront l'an prochain, en 2015. Leur bonheur irradie la soirée. Cécilia n'attend qu'une chose : que sa fille rentre au pays. Tony et Luna profitent du pick-up de Maëlla pour faire du tourisme, le sud de l'île est étonnamment vert, des champs, des vaches, du crachin, c'est la Normandie ! Le centre est peu accessible en voiture, mais rien n'arrête nos deux compagnons qui chaussent les crampons et crapahutent sac au dos entre les vallées. Quelle île somptueuse, après les semaines de platitude aux Tuamotu, Luna savoure ces reliefs enchanteurs, un ravissement pour les pupilles.

Le frère aîné de Tony, le sous-marinier, arrive en Polynésie pour ses congés, il loge chez Maëlla. Avant de regagner Ua Pou, il doit passer à Bora-Bora. Il prépare sa reconversion. Quinze années à servir la France au fond des océans, c'est bien assez, il veut revenir en Polynésie, et d'ailleurs, on lui a fait une proposition sur un projet de sous-marin pour touristes, dans le lagon de Bora. Luna propose aussitôt de l'y emmener, l'ambiance tahitienne commence à lui peser, trop de voitures, trop de supermarchés, trop de fêtes, elle veut continuer son chemin, et puis Tony s'impatiente de voir sa poule à cinq cents francs.

De Luna
À Chloé
Le 30 juillet 2014
Objet : Bora la perle du Pacifique

Comme toujours, tu avais 1 000 fois raison. Bora est si belle. Le lagon, ouah ! Les montagnes, oh ! La carte postale ne ment pas, on en prend plein les mirettes. Je passe mon temps au kite tandis que Tony aide son frangin, tu sais, le sous-marinier. Il a trouvé un job extra, il va promener les Américains et autres Japonais dans un sous-marin jaune, inspiration Beatles, par dix mètres de fond dans le lagon. Il quitte la Marine, la France métropolitaine, il est heureux comme tout. Avant que tu ne demandes, oui il est gay, non il n'est pas avec quelqu'un, mais à ce qu'il paraît, il ne reste jamais longtemps célibataire. En tous cas, c'est une pure perte pour la gent féminine, il est carrément beau, presque autant que Tony ! Les deux frères arpentent l'île à la recherche d'un logement, mais il a l'air de traîner pas mal avec le directeur d'un Resort ; là, au moins, il serait logé à la bonne enseigne !

Tony a pu passer du bon temps avec sa famille à Tahiti, je me rends compte combien ça lui manquait, c'est vraiment un gros sacrifice que de vivre loin des siens, c'est une preuve d'amour et aussi une épreuve. Moi, je me demande si je suis en droit de lui imposer tout ça. Luna la terrible !

Que te dire de plus. Ah si, j'ai fait une razzia dans la boutique Roxy, je n'avais plus un bikini correct ; pour garder mon sex appeal, il n'y avait pas à tortiller, il fallait sortir la carte bleue.

Comment se passe l'arrivée du Breton en capitale, il a sorti bombardes et binious ?

Les retrouvailles ont dû être chaudes, je plains tes voisins, et les… ressorts de ton matelas.

J'te laisse pour une trempette, histoire de te faire baver.

Tchuss

Luna

De Chloé
À Luna
Le 4 août 2014
Objet : Présentation officielle

Alors c'est simple, on a passé deux semaines dans les cartons et la poussière, pinceau dans une main, tournevis dans l'autre. Relookage complet de mon appart qui est maintenant NOTRE appart. Yannick s'est même aménagé une salle de muscu dans le bureau, quelle conscience professionnelle !

Après ça, il a voulu me présenter à ses parents, alors on est partis à Concarneau, tu dois connaître, c'est en Bretagne. Ils sont adorables et m'ont tout de suite mise à l'aise. Ils sont un peu véner de voir leur fils s'installer à Paris, surtout après des années dans le Pacifique, mais Yannick leur a laissé croire que c'est le ministère de l'Éducation nationale qui ne lui avait pas laissé le choix. Sympa pour moi, mais au moins, ils n'ont rien à me reprocher. On a visité la côte, ce n'est pas si mal la Bretagne, moins plouc que je ne pensais. J'avais quand même hâte de rentrer chez nous, et puis la mère de Yannick a commencé à me bassiner avec mariage, bébé… Tu te rends compte, il vient tout juste de divorcer et celle-là me met le grappin dessus.

Dernière nouvelle, je me mets au sport ! Rigole pas stp ! Je cours dans le parc tous les dimanches, c'est bien non ? Je ne me serais jamais crue capable d'une chose pareille. J'envisage aussi d'arrêter la clope, je vois bien que ça lui prend le chou, même s'il ne fait pas de commentaires. Tu vois, ça bouge à Paris, je dirais même plus, ça balance pas mal à Paris.

Stp, arrête de me parler de tes bains dans le lagon de Bora, j'en salive. J'ai cassé ma tirelire pour ce voyage en Polynésie, j'y ai gagné le jackpot, un beau lagon, un beau Breton. Là, je suis complètement à sec, ce sera dur de venir te voir à nouveau.

Envoie-moi de tes nouvelles, à quand la Calédonie ?

Tchuss

Chloé

Tony s'impatiente ; Luna, aussi, est motivée, en ce 20 août, ils s'élancent avec l'ambition d'atteindre la Nouvelle-Calédonie en moins de vingt jours. C'est une longue traversée pour le Marquisien, mais tout se passe bien. La vie s'organise, le couple se serre les coudes dans les coups durs, comme ce violent orage qui les surprend le neuvième jour et provoque la rupture de la drisse de grand-voile dans une survente. L'orage reste ce qu'il y a de plus stressant en mer, les éclairs pleuvent, on ne peut prévoir vers où il se déplace, et parfois, en voulant l'éviter, on ne fait que s'en approcher inexorablement, avec la sensation qu'il ne cherche qu'à vous poursuivre. Ils choisissent finalement d'arrêter de jouer au chat et à la souris, de garder leur route et, surtout, de serrer les fesses. Rester vigilant, c'est bien joli, mais ils sont totalement impuissants devant ce déchaînement des éléments. Ensuite, tout rentre dans l'ordre, sans plus de dégâts que cette drisse rompue et bloquée en tête de mât. La voile s'est affalé le long de ses coulisseaux sans accroc, mais l'autre morceau est là-haut. Une seule solution, monter en tête, Tony est un homme fort, pompier et tout et tout, mais sur ce coup-là, il ne le sent pas. Luna l'a déjà fait des dizaines de fois au port ; là, elle veut essayer de réparer en pleine mer. Tony la hisse en haut du mât, mais la mer est agitée, le bateau se balance d'un bord sur l'autre, Luna décrit d'immenses arcs de cercle à vingt mètres du pont, Tony sent son cœur chavirer de voir sa petite puce prendre de tels risques. Luna, sous l'œil admiratif de son amant marquisien, a réussi une réparation de fortune, mais elle craint que cela ne tienne que quelques heures. Vite, elle allume l'ordinateur de bord et regarde la carte.

— Tiens, c'est quoi cette petite île à cinq heures de route vers le Sud ? Niue, jamais entendu parler.

Même Tony ne connaît pas. Ils manœuvrent et font route sur le rocher. Ils y sont accueillis par des Anglo-Saxons et découvrent là une ancienne colonie néo-zélandaise. L'île est un énorme bloc de corail, sorti à trente mètres au-dessus de la mer. Les tourtereaux sont affamés et se jettent sur les délicieux hamburgers au snack du village. Ensuite, ils se prélassent en terrasse, avec le seul besoin de se sentir vivants, amoureux et en sécurité.

— Le sort nous a fait nous arrêter là, il y a certainement une bonne raison, affirme Tony qui, comme Luna, croit en la destinée.

Dès que l'avarie est réparée, les amoureux partent à l'assaut du plus petit État du monde, à pied, à vélo, en scooter, tous les moyens sont bons. Les autochtones sont accueillants et chaleureux. Étrangement, l'île est bardée de panneaux de signalisation, d'aires de pique-nique, de WC publics, le grand jeu pour les touristes qui, pourtant, se font rares. Les paysages sont particulièrement curieux. Ainsi, après une heure de marche dans une jungle tropicale luxuriante, les aventuriers débouchent sur un terrain accidenté à base de corail, comme un champ de lave. Une pancarte leur indique de pousser plus loin, l'endroit est lunaire, ce qui n'est pas pour déplaire à Luna. Soudain, une belle échelle de bois, ils descendent entre deux blocs de corail et, dix mètres plus bas, une plage, des cocotiers, encerclés de falaises de corail.

— Écoute ! La mer !

Ils suivent un sentier et débouchent dans une grotte, une vraie cathédrale ouverte sur le Pacifique. L'océan gronde, les vagues montent jusqu'à eux, puis se retirent avec fracas. Les amoureux croient rêver, ils piquent une tête dans une piscine naturelle creusée par la nature, au fond de la grotte. Ils sont seuls, ils sont nus, ils sont beaux, la nature se charge du reste…

— J'ai l'impression d'avoir fait l'amour dans une église, confie Luna.

— Oui, et avec jacuzzi en prime, c'est du quatre étoiles !

Le soleil commence sa descente, il ne faut pas tarder, le retour de nuit serait scabreux, et à dix-huit heures, c'est noir de chez noir. Luna ne s'y fait pas, cela fait pourtant deux ans qu'elle traîne ses guêtres sous les tropiques, il lui arrive encore d'oublier comme le jour se retire si vite et la nuit s'installe aussi rapidement. Nombre de touristes se font d'ailleurs avoir, ils auraient l'air malins de voir la cavalerie débarquer, avec chiens et lampes torches.

Le Yacht Club, à l'anglaise, sert des bières et réunit les quelques marins de passage : deux bateaux, en l'occurrence ! Il y a même Internet ! Tony y passe du temps à donner des nouvelles à sa grande famille, Luna préfère dévorer des livres dans le confort de sa cabine, écouter le dernier Arthur H ou plonger avec masque et tuba dans les grottes devant le mouillage. Après dix jours en tête-à-tête, ils apprécient de vaquer à leurs occupations chacun de leur côté et de conserver ces instants de liberté. Ces deux-là s'aiment, oui, mais ils gardent des habitudes de solitaires.

Incroyable, une baleine et son baleineau s'approchent de Luna alors qu'elle nage autour de son bateau. Elle a beau savoir que c'est justement la saison, elle hallucine de les voir de si près. Les mammifères marins sont curieux de nature ; leur exploration terminée, ils repartent vers d'autres horizons, laissant la navigatrice pantoise, assise dans la jupe de son voilier, les palmes pendouillantes.

Tony regagne *Baradoz*.

— Luna, j'ai reçu un mail de Chloé, elle s'inquiète que tu n'aies pas répondu à son dernier message, ça a l'air rudement important.

Luna échange beaucoup avec Chloé, mais bon, elle lui a écrit il y a trois jours à peine, c'est quoi le problème ? Un coup d'annexe jusqu'au quai, vite avant la fermeture du Yacht Club.

De Chloé
À Luna
Le 8 septembre 2014
Objet : Le choc

PJ : lettre scannée.jpg

Luna, ma chérie, je t'écris rapidement, c'est trop grave. Mon ton va te sembler sérieux, mais je ne savais pas trop comment faire. Alors voilà, dans ton courrier, il y avait une lettre, une lettre étonnante. Je te l'ai scannée. Assieds-toi bien avant de la lire, c'est un choc. Bonne ou mauvaise nouvelle ? C'est à toi d'en décider. Je reste joignable à toute heure, si tu as besoin de parler.

Sache que je t'aime.

Ta meilleure amie
Chloé

Jill Duchemin
532, Queen's Road
CAIRNS, QL
AUSTRALIA
jill.duchemin@gmail.co.au

Cairns, le 1er août 2014

Luna,

Je n'ose dire « chère Luna », même si tu m'es déjà très chère. Cette lettre m'est si difficile à écrire, et pourtant, pleine d'espoir. Je m'explique.

J'ai vécu toute mon enfance en Nouvelle-Calédonie, seul avec ma mère. Elle ne s'est jamais mariée. Le jour de mes dix-huit ans, ma mère m'a enfin raconté mon histoire.

Elle a rencontré mon père en 1971 à Nouméa, elle était encore lycéenne, en terminale, lui avait vingt ans et accomplissait son service militaire sur un navire, dans la Marine.

Leur histoire d'amour fut intense, mais mon père avait clairement prévenu qu'en aucun cas il ne resterait vivre en Calédonie. Une fois libéré de ses obligations militaires, il a ainsi repris l'avion vers la métropole.

La semaine suivante, ma mère a découvert qu'elle attendait un enfant. Elle a décidé de mener à terme sa grossesse, fruit d'un amour véritable, et ce, avec le soutien de ses parents. Je suis donc né huit mois plus tard. Ma mère n'a jamais repris contact avec mon géniteur.

En 1990, lorsqu'elle s'est décidée à tout me révéler, elle était mourante, le cancer l'a emportée l'année suivante, me laissant avec, pour seule famille, des tantes, les sœurs de ma mère.

Ma mère avait, en parallèle, entrepris de contacter mon père, elle voulait assurer mon avenir et notamment financer mes études en Australie. Elle lui a alors révélé qu'il avait un fils de dix-huit ans, mi-kanak, mi-français.

Mon père s'est très bien comporté, sans même demander de test de paternité, il a pris des mesures pour financer mes études ; en revanche, il a expressément demandé à ne pas me rencontrer, disant qu'il avait une famille soudée, une fille adorée, et qu'il n'était pas question de faire exploser tout ça. Bien sûr, j'ai trouvé ce rejet très dur, mais chaque année, il m'adressait une longue lettre. Il me parlait de son travail, de sa famille, de la voile, de la mer, de Paris, de la France. Il évoquait aussi sa vie épanouie avec sa fille et sa femme. Petit à petit, je me suis mis à aimer mon père français et à attendre ses lettres.

De son vivant, Youn, tu as bien compris que je parle de Youn, ton père, notre père, Youn, donc, avait laissé des consignes précises à son notaire au cas où le pire arriverait. Il y avait de l'argent, mais surtout une lettre fabuleuse dans laquelle il m'expliquait ses choix, ses regrets aussi. Il m'a également révélé tes coordonnées, tout en me demandant formellement d'attendre trois ans après son décès pour te contacter. Il imaginait quel choc ce serait pour toi d'apprendre que tu as un frère de dix ans ton aîné, et un

Kanak en plus ! Bref, il voulait d'abord te laisser gérer ton deuil, c'était son choix, je l'ai respecté.

L'échéance atteinte, c'est moi qui ai tardé à t'écrire, la peur d'être rejeté, une fois encore. On ne m'a pas laissé connaître mon père, je donnerais tout pour rencontrer ma petite sœur. Cela fait plus de vingt ans que j'attends, que je t'imagine. Je ne possède qu'une photo de Youn, seul sur son bateau. Il ne voulait pas mélanger ses deux familles.

Que dire de plus... J'ai 42 ans, je gère un club de plongée à Cairns en Australie, on explore la grande barrière de corail. Je suis marié et père d'une petite Lula de trois ans (son prénom ne ressemble pas au tien par hasard). Ma femme, Zeena, est australienne. J'aimerais tant te présenter ma famille.

J'aimerais tant te rencontrer. Donne-moi ton accord et je prends l'avion pour Paris ; si tu préfères, viens à Cairns, c'est une ville très agréable. Je sais que tu es une brillante avocate, je suis un grand frère tellement fier.

En attendant ta réponse,

Jill, ton frère

Luna lève la tête de son ordinateur, de grosses larmes emplissent son regard clair. Elle est bouleversée. Apprendre à 31 ans qu'on a un frère, découvrir ce nouveau secret que ses parents n'ont pas daigné lui confier. En ont-ils emporté beaucoup comme ça dans leur tombeau sous-marin ? Et Anne, sa mère, était-elle seulement au courant ? Elle ne sait qu'en penser, son esprit est embrouillé par le trop-plein d'émotions, de colère et de souffrance.

Elle rentre précipitamment à bord de *Baradoz*. Tony note immédiatement le changement d'humeur, mais il ne pose pas de question.

— Elle parlera quand elle sera décidée, se dit-il.

— Prépare-toi, on lève l'ancre, lui lance-t-elle sèchement. Je veux dégager d'ici, je t'expliquerai.

Luna n'a qu'une envie : être en mer, se retrouver au milieu de l'océan et mettre de l'ordre dans ses idées. De toute façon, cette escale technique n'a que trop duré. Tony se fait docile et câlin, réceptif à la détresse de sa dulcinée, il la laisse en paix. Lorsque la nuit tombe enfin, il s'endort, Luna est de quart. La voûte céleste l'accompagne. Elle tente de se laisser porter par la quiétude du moment, le vent est faible, le voilier file sans à-coup sur une mer lisse. Luna ne décolère pas, la rage au cœur. Comment son père a-t-il osé lui cacher ce frère, comment a-t-il pu garder ce secret ? Pourquoi ne pas lui avoir fait confiance ? Il a eu cet enfant des années avant de rencontrer la mère de Luna, elle l'aurait très bien accepté, pour qui la prenait-il ? Mince alors, quand on aime quelqu'un, ne doit-on pas lui faire confiance ? Pour le meilleur et pour le pire, soi-disant…

Luna s'apaise, elle se prend à imaginer ce frère en Australie. C'est tout de même une chance. Le pauvre n'y est pour rien dans cette histoire, ne pas avoir rencontré son père, c'est si affreux. C'est lui qui a vécu le pire et c'est encore à lui qu'est revenue la charge d'annoncer à Luna l'inconcevable nouvelle. La vie n'a pas dû être rose tous les jours, une enfance sans père, et quand, enfin, on lui révèle qui est son géniteur, c'est juste pour s'entendre dire qu'il ne veut pas le voir, et accepte seulement de l'assumer financièrement. Luna se détend. Être stérile, c'était difficile à entendre, mais finalement, découvrir qu'elle a un frère, c'est une aubaine.

Voici l'heure du quart de Tony. Luna a réfléchi, c'est le moment de tout lui dire, pour son frère, mais aussi pour son incapacité à donner la vie. Il est temps d'évoquer le sujet. Quand on aime, on doit faire confiance, elle ne veut pas reproduire les erreurs de ses parents.

Tony sort de sa bannette, les yeux encore ensommeillés. Il écoute patiemment Luna, la nuit est d'un noir de jais, pas une lumière parasite, pas de plancton luminescent, seuls au monde. Il la serre dans ses bras, sèche ses larmes, il la comprend si bien. Quand elle lui révèle sa stérilité, il est ébranlé. Même s'ils n'avaient pas envisagé d'avoir des enfants ensemble, pour Tony, il était évident que Luna porterait un jour leur bébé. C'est un choc, une déception, et en même temps, le sentiment qui l'assaille le plus est encore de l'amour pour ce bout de femme qui doit affronter nombre d'épreuves depuis la disparition brutale de ses parents. Compréhensif, Tony s'efforce de ne pas montrer son propre désappointement.

— Un frère en Australie, c'est la famille qui s'agrandit, s'écrit-il gaiement. Il faut aller le voir, il faut lui écrire.

Luna va alors passer les dix jours suivants sur son ordinateur. Tandis que le fier voilier orange fend les flots vers la Nouvelle-Calédonie, elle prépare une longue lettre pour Jill, elle lui déclame combien elle est heureuse d'avoir désormais un grand frère, elle lui révèle le choc qu'elle a reçu en lisant sa lettre, un nouveau secret percé à jour, elle lui narre sa vie, de A à Z, son enfance dorée, sa vie plus compliquée de jeune femme orpheline. Puis elle lui dépeint son voyage sur *Baradoz*, sa rencontre avec Tony, voulant tout connaître de ce frère, elle raconte tout d'elle-même. Elle veut combler le retard. Son seul but devient d'atteindre l'Australie au plus tôt. Elle piaffe d'impatience, ne pense plus qu'à ça, ne parle plus que de Jill, Jill par-ci, Jill par-là. Ce frère est devenu le centre de ses préoccupations. Tony, quant à lui, est songeur, il ressent la fébrilité de Luna, la conçoit, tout en restant loin de cette frénésie. Cette histoire de stérilité le mine plus qu'il n'y paraît. Il n'imagine pas ne pas donner de petits-enfants à Cécilia, même s'il tente, tant bien que mal, de se faire à cette idée. Luna est si absorbée par sa lettre qu'elle ne perçoit pas la détresse de Tony, ni sa solitude nouvelle. En pleine mer, au milieu de l'océan, il souffre terriblement d'être loin des siens.

La distance lui pèse un peu plus chaque jour, à chaque mille qui l'éloigne d'Ua Pou, de sa mère, de ses frères, de sa sœur, c'est un nouveau déchirement.

Luna est surexcitée, elle a décidé de faire un petit arrêt à Hienghène pour voir la poule du billet de cinq cents francs et de repartir aussi sec vers l'Australie, elle a repris son destin en main. Tony ressent cette décision comme une humiliation, une blessure. Ce voyage, qu'ils avaient entrepris tous les deux vers la Calédonie, représentait un symbole très fort pour lui, un rêve d'enfant. Luna veut maintenant bâcler l'étape, deux jours tout au plus, balayant, par la même occasion, toutes les images de bonheur qu'il rêvait d'y trouver. Finalement, ce qu'elle prévoit, c'est d'envoyer le fameux mail qu'elle rédige avec soin, refaire de l'avitaillement et filer vers son frangin. Jill, Jill, Jill, il n'y en a plus que pour lui ! Tony est mal, très mal, et elle, elle ne voit rien.

Baradoz est amarré contre un quai flambant neuf, à Hienghène, Luna est encore fourrée au cybercafé, elle attend une réponse de Jill et prépare les demandes de visas australiens, c'est pratique, cela se fait complètement en ligne. Elle n'a pas eu le temps d'accompagner Tony qui vient de faire, seul, la randonnée vers les falaises et la fameuse poule, le gros rocher, façon poule en chocolat de Pâques. Lorsqu'il rentre de son excursion, il est aigri et contrarié d'avoir fait son « cinq cents francs » seul, dans ces conditions. Il rumine son chagrin, mais sa décision est prise.

500
INSTITUT D'ÉMISSION
D'OUTRE-MER
500
00325482
RÉPUBLIQUE FRANÇAISE
25482
CINQ CENTS FRANCS
D.1

500
INSTITUT D'ÉMISSION
D'OUTRE-MER
500
NOUMÉA

7

Luna est restée des heures à remplir leurs e-visas, à envoyer des mails, à récupérer des fichiers météo. Jill a répondu qu'il les attendait avec impatience et bonheur, Chloé est très en forme, Johanna vient d'avoir dix-sept ans, Lucas attend un autre enfant et une promotion. Tout est au mieux dans le meilleur des mondes. Il est plus de vingt heures lorsqu'elle regagne son bateau, la nuit est tombée depuis deux heures déjà, et Tony n'est pas là. Une lettre trône sur la table du carré. Luna sent son cœur chavirer, prise d'un vilain pressentiment ; l'instinct féminin ?

Ma Luna,

Je t'aime et chaque jour je te sens t'éloigner un peu plus. Moi qui voulais faire ce voyage pour ne plus jamais te quitter, c'est la mort dans l'âme que je t'écris ces mots.

Je n'ai pas la force d'affronter ton regard.

Je sens que tu as ta vie à reconstruire après tout ce que tu viens d'encaisser et je n'y ai pas forcément une place. Moi, je ne suis pas prêt à sacrifier mon île, ma famille, si je n'ai pas devant moi une femme libre, sincère et aimante.

Tu es la femme de ma vie, mais tu n'es pas à moi.

Tu m'as déposé au pied de la falaise, sans m'accompagner au sommet.

Je souffre d'être si proche et à la fois si loin de toi.

Je t'aime et je te quitte.

Ne m'en veux pas.

Vis ta vie, je ne t'oublierai jamais.

Tony

Ivre de chagrin, Luna crie, hurle, pleure, frappe la table, se griffe la peau, puis s'effondre dans un sommeil de plomb, un sommeil sans rêves. C'est le capitaine du port qui vient la réveiller, inquiet de ne pas percevoir de signe de vie à bord de *Baradoz* alors qu'elle lui avait annoncé leur départ imminent. Il découvre un zombie, yeux rougis, paupières gonflées, teint livide. Pressentant un drame familial, il s'inquiète discrètement et lui propose un café, mais Luna n'est pas disposée à accepter du réconfort, elle veut rester seule. C'est vrai qu'elle a vécu ces dernières semaines égoïstement, qu'elle s'est regardé le nombril, au lieu d'être attentive aux états d'âme de cet homme qu'elle chérit pourtant plus que tout au monde.

— Quelle triple buse, se dit-elle, sentant combien son attitude ingrate lui a fait perdre la chance de vivre heureuse, auprès d'un homme extraordinaire, l'homme de sa vie, ça, elle en est certaine.

Elle s'effondre encore.

Comment pourrait-elle s'en remettre.

Elle s'en veut à mort, en veut à Jill, en veut à Tony, elle en veut à la terre entière. Elle erre dans les rues de Hienghène, comme une âme en peine, elle ne mange plus, elle traîne même jusqu'aux falaises, ces fameuses falaises, symbole de tout son chagrin, de son amour perdu. Elle n'a goût à rien, ne prend même pas le temps d'ouvrir ses mails. *Baradoz* est une porcherie, une poubelle à l'abandon. Personne ne s'inquiète, elle est censée voguer avec son prince charmant vers le continent australien, Jill et Chloé supposent qu'ils sont en mer ou sur le départ ; Tony, quant à lui, est déjà rentré à Ua Pou.

Luna est au fond du gouffre. Elle envisage de mettre fin à ses jours, elle dispose justement pour cela d'un arsenal pharmaceutique de compétition : des centaines de cachets, des gélules de toutes les couleurs, de toutes les formes, une pharmacie de bord quoi ! Elle veut arrêter de souffrir, à quoi bon vivre loin de son amour. Rien ne la retient plus sur cette terre. En bon samaritain, le capitaine du port passe chaque jour pour encaisser la taxe du quai, mais cela lui sert surtout de prétexte, il veut l'aider à surmonter le chagrin d'amour qui la ronge. Il lui apporte des vivres, elle n'y touche jamais.

Un jour, enfin, il note qu'elle a grignoté un bout de baguette, qu'elle s'est fait chauffer un café.

— La vie reprend sur *Baradoz*, se dit-il, satisfait.

Luna déballe alors ses malheurs à ce parfait inconnu qui lui a offert sa gentillesse et surtout sa patience. Progressivement, il l'aide à se requinquer, lui faisant même visiter la Calédonie et ses terres contrastées, les mines de nickel, la brousse. Il lui offre une bande dessinée humoristique, *La brousse en folie*, dont les personnages sont des caricatures des Caldoches, Zoreils et autres Kanaks, histoire de lui changer les idées et de l'initier à l'atmosphère si particulière du Caillou.

Cela fait déjà un mois que Tony est parti quand enfin elle se sent d'attaque pour ouvrir sa boîte mail et affronter la réalité, et même tenter d'envisager l'avenir. Les messages anxieux de Jill et Chloé sont nombreux.

De Luna
À Jill, À Chloé
Le 22 octobre 2014
Objet : Seule

Je reprends seulement pied, désolée de vous avoir inquiétés. Tony est parti. Cela m'a anéantie. Son absence est terrible. J'ai besoin de me ressourcer, je suis incapable d'en parler. Ne m'en veuillez pas.

Et en plus, aujourd'hui, c'est mon anniversaire !

Je pars pour l'Australie, la mer m'aidera, j'en suis persuadée. Je ne sais plus ce que je dois faire. Soyez patients avec moi.

Je vous aime, mon amie, mon frère.

Luna

Luna est au radar complet lorsqu'elle quitte la Calédonie. Elle a le cœur gros, son chagrin lui noue l'estomac, mais sa volonté est de fer, elle veut continuer son voyage, avancer pour oublier, et ne plus se retourner, avancer pour comprendre enfin qui elle est, avancer pour surmonter les épreuves que la vie ne cesse de lui infliger. Elle quitte Hienghène sous la pluie, le capitaine du port est venu gentiment la saluer et aider à la manœuvre. Quelle bonté, ce Kanak au grand cœur, que serait-elle devenue sans lui, abandonnée au tréfonds de sa cabine, au tréfonds de son malheur. Le voilier orange franchit la passe entre les récifs et quitte les eaux translucides du lagon de Nouvelle-Calédonie, le plus beau lagon du monde, classé au patrimoine de l'UNESCO. Luna sèche enfin ses larmes, *Baradoz* occupe toute son attention : ranger les amarres, hisser les voiles, peaufiner les réglages, contrôler la carte, elle s'affaire et cela l'empêche de broyer du noir. Le vent est de la partie, mais il souffle en légère brise, conditions parfaites pour la navigatrice qui reprend goût à la voile en solitaire, par la force des choses.

Cinq jours lui suffiront pour rejoindre Cairns et l'Australie. Difficile d'y faire une arrivée discrète, l'avion de la douane surveille. Encore au large, Luna est contactée par radio, on lui demande tout son pedigree ; le contrôle des frontières, ce n'est pas du pipeau chez les Australiens ! Bien renseignée, la skipper sait ce qui l'attend, elle a même adressé un dernier mail par satellite pour prévenir, quarante-huit heures avant, de son arrivée, et puis elle a planqué un peu partout les nombreux objets de bois, coquillages, osier, souvenirs qu'elle a accumulés depuis le départ et qu'elle sait difficilement tolérés par les services drastiques d'hygiène et de quarantaine « aussie ». Quant aux vivres, c'est bien simple, il ne lui reste plus que deux ou trois boîtes de conserve australiennes achetées en Calédonie, rien de frais, comme ça, au moins, pas d'histoire. Elle avait lu dans un blog qu'un couple de Français s'était vu confisquer, en arrivant en Australie, la boîte de foie gras qu'ils s'étaient gardée pour le réveillon de Noël. Les Australiens ont bien dû se le faire, eux, le bon pâté français. Luna remonte le long chenal dragué menant à Cairns, c'est comme une piste d'aviation, une ligne droite bordée de poteaux, les verts à laisser à droite, les rouges à gauche, ils ne font rien comme les autres, ces Australiens. Elle croise un pétrolier, ouh c'est chaud, il n'est pas bien large ce chenal, et sur le côté, c'est moins profond. *Barado*z pénètre dans la marina, les autorités attendent, les bras croisés, sur le ponton. Comité d'accueil ! Deux heures plus tard, c'est fini. Le chien des douanes a fourré son nez partout, qu'il avait l'air idiot avec ses chaussons en papier. Luna a beau aimer les chiens, elle n'a guère apprécié de voir celui-ci traîner n'importe où, sur sa couette, dans le carré, dans la minuscule salle de bains. Ensuite, de voir le douanier fourrager dans son placard à culottes, ça l'a mise en rogne, mais c'est le prix à payer pour entrer en Australie, et le pire, c'est qu'elle aura, de plus, déboursé la coquette somme de trois cents dollars pour ces cocos-là !

Mais bon, Luna est si contente d'être arrivée, surtout après une dernière journée de navigation épique dans la barrière de corail, la fameuse, la grande barrière de corail. En approchant du continent, le vent s'est mis à souffler de plus en plus fort, et, pire, de plus en plus de face. Elle en est venue à réduire sa surface de voilure, à tirer des bords, tout en gardant un œil avisé sur la carte des récifs. En entrant dans le lagon, le vent a encore forci. L'eau était noire et blanche, déchaînée, rien à voir avec le turquoise qu'on est en droit d'attendre d'un lagon ! Devant Cairns, la mer, cette fois, est devenue verte, trouble, peu ragoutante, et seulement vingt degrés Celsius, ah, c'en est fini du lagon chaud et limpide de Nouvelle-Calédonie. Bonjour l'accueil !

Luna profite des installations luxueuses de la marina, et vu le prix extorqué, elle aurait tort de s'en priver. Puis elle décide de se faire une beauté : esthéticienne, manucure, coiffeur, la totale, c'est qu'elle a un rendez-vous important ce soir. Ce n'est pas tous les jours qu'on fait la rencontre de son grand frère. Jill n'a pas voulu attendre qu'elle reprenne des forces, il l'a invitée au restaurant, en tête-à-tête. Il tenait à garder ce moment pour eux seuls, sa femme et sa fille s'impatientent aussi de rencontrer Luna l'aventurière, mais ce sera pour plus tard. Jill a voulu faire les choses simplement, mais bien. Il a réservé une table dans un restaurant à la mode, juste en face de la marina, cadre agréable, mobilier contemporain, chef français, cuisine haut de gamme. Les deux inconnus n'ont jamais échangé de photos, la surprise est totale. Jill a reçu une éducation française, il arrive donc en avance, commande une bouteille de champagne et patiente en contemplant le décor. Luna est pile à l'heure du rendez-vous. Pimpante, vêtue d'une petite robe noire, simple mais habillée, elle s'avance fébrilement vers la table que lui indique le maître d'hôtel. Immédiatement, le beau visage de Jill se fend d'un sourire éclatant, il se lève, un peu gauche, se précipite vers elle, s'arrête, intimidé, et finalement, devant le sourire encourageant de sa petite sœur, il la serre dans ses bras en la soulevant de terre. Précisons que Jill mesure 1m92, qu'il est musclé, athlétique, bronzé, bref superbe !

— Je suis tellement heureux, j'attends ce moment depuis tant d'années.

— Moi, ça a été plus court, mais je vis trop de galères en ce moment, alors avoir un frère, ouah, merci, merci d'exister !

Luna plonge dans le regard bleu acier de son hôte, elle n'en revient pas, il a exactement les yeux de son père.

— Pas besoin de test ADN, se dit-elle in petto.

Jill débouche la bouteille, les bulles aidant, la timidité et l'émotion des premiers instants s'estompent. Ils ont beaucoup de choses à échanger, toutes ces années à rattraper, peut-on seulement recouvrer le temps perdu ? Jill veut tout connaître d'elle, son voyage, son travail, et Luna, qui sort d'un mois de dépression, se lâche, en confiance. Elle lui déballe sa vie, son licenciement, sa stérilité, le chagrin d'amour qui la bouleverse, sa difficulté à surmonter le décès de ses parents, la découverte des secrets qu'ils avaient vis-à-vis d'elle. Pourquoi, pourquoi tout ça ? Elle ne comprend pas qu'Youn ne lui ait pas parlé de son fils, elle aurait voulu le savoir plus tôt. Jill évoque son enfance à Nouméa, ses études à Sydney, sa rencontre avec Zeena, sa femme, la naissance de Lula, il y a trois ans. La soirée passe, de confidence en confidence. Ils prennent un dernier café à bord de *Baradoz* que Jill s'impatientait de visiter, puis se quittent heureux, tout simplement.

De Luna
À Chloé
Le 1er novembre 2014
Objet : Vive l'Australie

Salut choupette, je te le dis de but en blanc, j'adore l'Australie ! Les Australiens sont super sympas, pas aussi beaux que dans les films, mais ça, je m'en doutais, et puis, ils s'habillent comme des sacs, et les filles, c'est pire encore. Pourtant, il y a des tas de boutiques, pour le shopping c'est même top. Bon, ce n'est pas le plus important, je te l'accorde.

J'ai donc rencontré mon grand frère. Jill est extra, tu vas l'adorer. Déjà, il est très grand, très beau, peau mate, yeux profonds, et surtout, il est adorable. Il est moniteur de plongée et même patron de sa boîte qui tourne du feu de dieu, avec quatre grosses vedettes et quinze moniteurs. Sa femme et sa fille sont super chouettes, j'ai sympathisé avec Zeena et ma petite nièce est toute mimi, et si intelligente, à peine trois ans pourtant, jamais vu d'enfant comme ça, tu me diras, je ne connais pas beaucoup d'enfants, mais quand même, et ce n'est pas parce que c'est ma nièce !

Comme je ne peux pas rester très longtemps ici, vu que la saison cyclonique approche à grands pas, ils vont remonter avec moi jusqu'à Darwin, c'est au nord de l'Australie, ça va faire drôle tout ce monde à bord de *Baradoz*.

Je suis contente de vous savoir heureux tous les deux, la capitale me manque en ce moment, et puis Tony me manque cruellement. Allez, j'arrête, rien que d'écrire son nom et je fonds en larmes.

Embrasse ton homme de ma part.

Tchuss

Luna

C'est frustrant pour Luna de passer si vite en Australie. Ce pays, ce continent, si grand ! Elle aurait voulu voir les déserts, le bush, Sydney, Brisbane, c'est indubitablement immense et impossible à gérer, ou alors en camping-car, mais pour ça, elle n'a ni le temps ni les finances. Elle est jeune, elle compte bien revenir, maintenant qu'elle a un frère sur place.

Jill embarque avec de gros sacs, les affaires de la famille, les vivres pour la croisière, tout y est. Luna est encore sonnée du baptême de plongée qu'il vient de lui organiser sur la grande barrière de corail, un des endroits les plus réputés au monde pour la plongée. Tous ces poissons, ces tortues, c'était si beau. Avec un frère plongeur, elle va être obligée de s'y mettre sérieusement. Promis, elle reviendra passer son brevet avec lui. Elle se sent désormais plongeuse dans l'âme. Le monde du silence, pas si silencieux que ça finalement, rien que le bruit de sa respiration dans le détendeur, les bulles, et puis il y a de la vie là-dessous. Auparavant, la plongée, pour Luna, c'était réservé aux pros, aux militaires, aux chercheurs de l'équipe Cousteau, à des balaises, et en aucun cas ce n'était pour elle. Jamais elle n'aurait pensé y arriver. Bon, c'était juste un baptême à dix mètres, avec son frère à côté, pas vraiment un exploit, pas de quoi se vanter. En revanche, pour les sensations, ça a été le bouquet ! L'eau claire, les animaux, les requins, les poissons-clowns qui la regardaient comme si sa place, au fond de l'eau, était dans l'ordre naturel des choses ! Elle s'est sentie détendue, c'est si différent de l'apnée où il faut remonter à la surface chercher son air. Et ces couleurs, comment la nature peut-elle offrir de tels arcs-en-ciel ? Des nudibranches, mi-algue mi-animal, avec des pois pourpres sur fond orange, même Jean-Paul Gaultier n'aurait pas osé ! Luna découvre un nouvel univers et c'est le coup de foudre. Dans le fond, l'amour des poissons est certainement moins dévastateur que celui des hommes ! Une pensée pour Jacques Mayol et l'interprétation fulgurante de Jean-Marc Barr dans *Le Grand Bleu*. Luna se souvient qu'elle en était folle amoureuse, alors qu'elle était encore à l'école primaire, elle avait même décoré sa chambre avec l'affiche du film.

Notre petit équipage familial remonte en cabotant la côte est australienne, à l'abri derrière la barrière de récif. Le vent est soutenu, mais la mer est plate.

— Mais c'est parfait pour le kite ici, s'exclame Luna en arrivant à Lizard Island. Ça fait belle lurette que je n'ai pas tiré quelques bords !

— Ma pauvre Luna, s'esclaffe Jill, personne ne t'a dit que ces eaux sont infestées de crocodiles, dont les plus gros peuvent atteindre sept mètres de long. Ils croquent un ou deux inconscients chaque année, c'est vorace ces bêtes-là, et si tu as la chance d'y échapper, il te reste les méduses dont les piqûres de certaines sont mortelles. Alors Luna, la mer, tu la regardes, de dessus, et pour le reste, tu oublies !

— Eh bien, la grande barrière cache bien ses mystères, songe Luna, déçue.

La petite famille visite l'île, escalade le mont Cook, d'où le célèbre marin avait aperçu la passe qui allait lui permettre de regagner le large, après son naufrage sur un récif. La dynastie Dorval apprend à se connaître, la petite Lula se laisse apprivoiser par la grande Luna, ou peut-être est-ce le contraire. Elles deviennent inséparables. Cela laisse du temps au jeune couple pour se délasser, loin des agitations de la ville. Lula est curieuse, elle veut tout savoir des nombreux équipements de *Baradoz*. La nouvelle tata n'est pas avare d'explications, et armée d'une patience qu'elle vient de se découvrir, elle renseigne sa nièce sur tous les secrets de la voile. Jill et Zeena, quant à eux, ne s'intéressent guère à la navigation et Luna doit assurer comme en solitaire.

Plus au nord, ils marquent un arrêt prolongé à Escape River, une rivière qui serpente entre des bancs de sable. Il n'y a pas âme qui vive. Au moment de jeter l'ancre, Luna aperçoit un mouvement sur l'arrière de son voilier ; non, incroyable, c'est un crocodile que le bruit de la chaîne glissant vers les fonds a dérangé. Effrayé, il a détalé sans demander son reste, d'un ample coup de queue. Ce ne sont donc pas des bobards que raconte Jill. Les eaux australiennes sont réellement infestées de crocodiles marins, l'animal le plus dangereux au monde, rien que ça !

Luna frissonne d'effroi.

Elle qui envisageait de nettoyer sa coque, en plongeant avec une éponge, elle a frôlé le drame, si Jill ne l'avait pas prévenue… Elle se promet à l'avenir d'enquêter systématiquement auprès des natifs avant de se jeter à l'eau. Mais ici, cela aurait été difficile, l'endroit est inhabité, comme d'ailleurs toute cette partie de l'Australie, qui, dans son ensemble, ne compte guère que vingt millions de têtes pour un territoire dix fois plus grand que la France !

Quelques jours plus tard, *Baradoz* double le cap York, marquant ainsi la fin du Pacifique et l'entrée dans l'océan Indien. Luna ressent mal ce passage, elle laisse dans ce grand océan l'homme qui, elle le sait, est l'amour de sa vie. Tony n'a pas donné signe de vie depuis son départ, tout cela est encore trop frais, et rien que d'y penser, la belle sent ses tripes se retourner. Elle n'encaisse pas cette rupture, elle rêve de lui chaque nuit, et au réveil, son premier réflexe est de s'assurer qu'il est allongé près d'elle. Elle sort alors de sa torpeur, se souvient que son bel amour l'a quittée, éclate en sanglots, écrasée de chagrin, puis reprend vaguement le dessus et se lève. Même cérémonial chaque jour.

Le 15 novembre, le Pogo 12.50 accoste à la marina huppée de Darwin. La saison des cyclones commencera en décembre, il faut quitter la zone à risques au plus vite. Zeena, Jill et Lula reprennent l'avion pour Cairns. Les adieux sont déchirants, une fois encore, mais Luna garde le moral, elle a désormais une famille, des gens qui l'aiment et qu'elle aime. Jill a promis de lui rendre visite en France et elle sait qu'elle va revenir en Australie, ce pays qu'elle adore et dont, en fin de compte, elle ne connaît pas grand-chose. Quoi, tout juste un bout de côte sauvage, la grande barrière, les crocodiles, oui, c'est bien beau, mais l'intérieur des terres, le Sud, les Aborigènes, elle n'a rien vu de tout ça, juste une femme aborigène qui vendait des didjeridoos sur la place du marché…

D’un sourire malicieux, elle lui avait joué un morceau, mais elle aurait voulu plus d’échanges et surtout rencontrer ces premiers Australiens qui, aujourd’hui, vivent malheureusement parqués dans des réserves.

8

Luna essuie une larme, mais pas une larme de crocodile, et elle repart à l'assaut de la montagne de tâches qui l'attendent. Il lui faut préparer *Baradoz* pour la traversée de l'océan Indien et remplir le bateau de vivres, d'eau, de gazole. Son idée est de faire deux grandes étapes, Darwin-Rodrigues, trois mille quatre cents milles nautiques, puis Rodrigues-Afrique du Sud, mille huit cents milles. Un sacré voyage ! Elle observe le planisphère scotché contre la cloison.

— C'est long tout ça, mais il faut bien rentrer en France.

Il y a encore quelques années, les voileux tourdumondistes pouvaient alléger leur peine en empruntant le canal de Suez, mais actuellement, la piraterie somalienne fait rage, interdisant toute navigation saine et surtout sauve dans le golfe d'Aden et empêchant donc l'accès à ce raccourci alléchant. Luna brique son bateau, vérifie les équipements et assure les allers-retours vers le supermarché. En trois jours, elle est prête, éreintée mais parée.

Elle fait ses adieux à l'Australie en saluant les douaniers pour la clearance, ouf, gratuite cette fois, et enfin, elle prend la mer. N'en déplaise à Renaud, parfois, la femme préfère la mer à la campagne. Il fait grand soleil, et un courant fort l'éjecte vers l'ouest, plein pot. Comme chaque fois qu'elle part seule, la première nuit est particulière. Elle n'arrive pas à se reposer. Même si elle s'allonge dans sa cabine, elle ressort au bout de trois minutes, difficile d'accepter qu'il n'y ait personne à veiller sur le pont. Il y a bien Raymond, qui barre avec brio, il y a aussi les alarmes sur le radar, sur le récepteur AIS, mais cela reste de l'électronique, elle n'est pas tranquille et préfère rester veiller sous la voûte étoilée. La lune lui tient compagnie.

Luna et la lune, deux amies pour la vie, elle adore son prénom céleste. Au petit matin, elle tombe d'épuisement, une nuit blanche, trois jours de préparatifs, elle est dans un sale état, comme une gueule de bois, alors une petite sieste s'impose. Progressivement, elle prend son rythme de croisière, les quarts de veille, les périodes de repos par tranche de vingt à trente minutes de sommeil, selon l'affluence dans les parages, la cuisine, la surveillance météo, le rangement, les changements de voilure, tout y est, et quand, enfin, elle trouve un peu de temps libre, elle se plonge dans un roman.

Jill lui en a donné un bon paquet, de quoi tenir jusqu'en France, en gérant judicieusement les échanges avec les autres voiliers.

Elle commence par ce récit d'Irène Frain sur *Les naufragés de l'île Tromelin*, ce n'est pas très opportun, un livre de mer quand on navigue, mais c'est une histoire sur l'océan Indien, alors pourquoi pas. Le récit de ces naufragés, isolés sur une langue de sable, sans réel abri, se nourrissant d'oiseaux et qui repartiront en laissant derrière eux soixante esclaves malgaches, est plutôt éprouvant. Pourtant, ils en avaient mis du cœur à l'ouvrage, ces Africains, pour construire le bateau de l'espoir. Certains ont tenu quinze ans, le cœur en or et les nerfs en acier. Honte à cet officier qui avait juré de revenir les chercher et s'est laissé piéger par les administrations, y laissant d'ailleurs honneur et fierté, il a gâché sa vie lui aussi. C'est le fameux Tromelin qui a finalement réussi à aborder l'île et à en libérer les derniers habitants, huit rescapés, des femmes et un bébé. Luna sort de cette lecture abattue et affectée.

Seule sur son bateau, chaque livre est alors un univers dans lequel elle pénètre, en totale immersion, elle croit y vivre, elle côtoie les personnages, visualise les paysages. Quand elle tourne la dernière page, c'est comme si elle sortait d'une salle de cinéma, un retour au réel, de plein fouet.

Et justement, Luna est anxieuse, comme un boomerang, la réalité lui revient en pleine gueule. À un jour devant sa route, la météo est incertaine, les fichiers annoncent du gros temps. On ne peut pas dire qu'elle ait peur, pas d'angoisse ni rien, juste une sensation désagréable, comme la veille de l'examen du permis.

Pas le choix, il faut passer par là, mais on a hâte d'en finir. Elle rigole, son permis de conduire, il ne lui sert pas à grand-chose, ces temps-ci. Elle n'a pas conduit une voiture depuis son départ de Camaret, en espérant que ça reviendra, comme le vélo.

L'aventurière trace sa route sur la carte du globe, elle passe au large de l'île Christmas, elle se serait bien arrêtée, mais la saison cyclonique est imminente, pas le choix, la période n'est plus au tourisme.

Même chose plus loin, elle longe les îles Cocos, australiennes elles aussi. Jill lui avait conseillé de s'y arrêter, lagon paradisiaque, spot de kite, tout y était pour son plaisir, mais pas le temps. C'est dingue, faire le tour du monde et manquer de temps. Cette traversée a parfois des aspects frustrants, comme pour un Vendée Globe, longer des terres inconnues et ne pas accoster, c'est ballot !

La tempête annoncée s'est limitée à quarante nœuds de vent et n'a duré que quelques heures, la mer s'est calmée aussitôt, et tout est redevenu plus agréable. Luna observe, avec délice, le sillage que trace son *Baradoz* dans l'océan Indien, une écume blanche, comme de la neige, qui tranche avec le bleu intense. En regardant vers les profondeurs abyssales, on croit voir le fond tellement l'eau est translucide.

— Comment l'homme se permet-il encore de souiller les océans ?

Globalement, elle n'observe que très rarement des déchets en pleine mer, mais près des régions peuplées, c'est tout bonnement l'horreur. Le premier prix va, sans conteste, à la tong en plastique, on en trouve partout et en quantité, ça flotte trop bien. Les bidons de lessive et de shampoing se partagent la deuxième marche.

— Non, la mer n'est pas une poubelle, faites gaffe, les mecs.

Ce matin, Luna a vu flotter un sac, un classique aussi, on aurait pu le prendre pour une méduse, puis c'est une sandalette, qu'est devenu son propriétaire ? Unijambiste ? Oh, elle n'est pas toute blanche, la belle plaisancière, elle a bien perdu deux ou trois casquettes, sa brosse à cheveux et même, en Australie, le doudou kangourou rose de Lula. Trop drôle, quand sa mère lui a demandé où elle avait rangé sa peluche fuchsia.

— Mais il nage avec les dauphins, maman.

En effet, ils venaient juste d'en croiser une bonne dizaine. Un dauphin avec un doudou kangourou, on aura tout vu !

Encore un cargo, deux cents mètres selon son signal AIS, il fait lui aussi route vers l'Afrique du Sud. Au moins, la veille n'est pas vaine, ce n'est pas comme dans le Pacifique où elle était restée vingt-cinq jours sans croiser personne. Ce qui est dommage, est-ce seulement dû au hasard, la plupart des navires, Luna les croise de nuit. Quel dommage, elle qui adore la silhouette gracieuse de ces tankers, porte-conteneurs et autres vraquiers. Elle admire secrètement ces marins qui passent leur vie en mer loin des leurs, tout ça pour faire circuler des marchandises du nord au sud, d'est en ouest, la faute à la société de consommation, à la mondialisation.

Luna savoure un petit café, elle savoure aussi cet instant en mer, elle profite des conditions clémentes, sachant combien la mer peut devenir dure, cruelle même, bleue aujourd'hui et peut-être grise, voire noire demain.

Finalement, la traversée se déroule sans encombre, et le 1er décembre, à l'aube, *Baradoz* accoste à Rodrigues. L'accueil, en français cette fois, est chaleureux, les formalités rondement menées, et en plus, le skipper du voilier amarré devant lui apporte baguette fraîche et croissants au beurre. Serait-elle arrivée au paradis ?

C'en est trop pour son petit cœur tout mou, elle s'effondre dans les bras de Morphée. Quand les nerfs tombent, le poids de la fatigue accumulée s'abat sur les frêles épaules de la navigatrice. Elle va dormir ainsi douze heures d'affilée !

Affamée à son réveil, elle se précipite au Restaurant du Quai comme le lui a conseillé Paul, l'homme aux croissants, un skipper canadien, un solitaire lui aussi. Du coup, elle l'invite à dîner, histoire de connaître les bons plans de Rodrigues et surtout de ne pas ripailler seule. Les deux voileux se remplissent la panse de frites et de steaks, les mets qui manquent le plus sur un bateau, et le tout arrosé d'un vin sud-africain. La serveuse créole parle français, comme la plupart des Rodriguais.

Paul fait aussi un tour du monde, parti de Vancouver sur un coup de tête, après le décès de son ami. Ah, pas de risque avec celui-là, monsieur préfère les garçons. Paul navigue sur un petit bateau de neuf mètres, il en bave pas mal, mais cela lui plaît. Il fait de grandes étapes, puis de longues escales. Il est ainsi venu directement de Nouméa, quarante-cinq jours de solitude, même Luna est impressionnée.

Leurs histoires sont assez similaires, ce qui les rapproche, et quand deux solitaires se rencontrent, forcément, ils causent, ils causent, ils causent… Solitaires oui, ermites non.

Tarte au chocolat, cafés, les compères se sont envoyé un festin de roi. Paul, arrivé depuis deux semaines, a déjà sillonné l'île de long en large, à pied et en bus aussi. Rodrigues est desservi par un bon réseau de cars, de bons vieux autocars bruyants et polluants, mais, au moins, toute la population les utilise, il y a du coup très peu de voitures particulières. Paul a aussi commencé un stage de kite, et propose à Luna de l'emmener sur le fameux spot de Mourouk.

De Chloé
À Luna
Le 16 décembre 2014
Objet : Grande nouvelle

Contente de voir que tu reprends du poil de la bête et que tu t'éclates en kite à, comment tu appelles ça, ah oui, Mourouk, avec ton grand Canadien. Dommage qu'il soit gay, tu aurais pu expérimenter le caribou… Ça me fait plaisir et surtout ça me rassure que tu ne sois pas seule.

Ici, c'est routine, avec Yannick on se balade à Paris, même si je fais moins la fête parce que…

… parce que je vais avoir un bébé !

Je suis trop contente. Tu vas peut-être trouver qu'on a grillé quelques étapes, mais je te jure que non. C'est l'amour fou, on s'entend trop bien, on est adultes et même assez mûrs, on a vécu d'autres histoires, on sait ce qu'on fait, alors, ce bébé, on l'a voulu et on l'a fait ! Il est même venu un peu vite, mais ça, c'est la nature qui décide. Tu es la première informée. On attend pour l'annoncer aux parents, au boulot, mon boss sera furax, alors ne pressons pas. La naissance est prévue fin juillet, tu as intérêt à être rentrée !

Pour l'instant, je me sens bien, je ne bois plus, je ne fume plus, c'est tout ce qui a changé. Ça n'a pas été si dur d'arrêter tous ces vices, c'est pour une bonne cause.

Yannick est aux anges, son ex-femme ne voulait pas d'enfant, ça avait été une des raisons de leur rupture. Il est complètement gâteux avec moi, ça promet.

Je t'embrasse et bon courage pour ta virée vers l'Afrique du Sud.

Ta Chloé qui t'aime

De Jill
À Luna
Le 16 décembre 2014
Objet : Encore tata

Salut, p'tite sœur, super, tu as l'air de t'amuser avec ton nouveau pote. Oh, je charrie, j'ai compris que tu n'as pas ta chance avec lui, au moins c'est cool, quelqu'un avec toi.

Kite à gogo, sans crocos ni méduses, profite, ma belle !

Avec Zeena, on a une nouvelle à t'annoncer : tu vas encore être tata ! Zeena est enceinte, c'est pour début août. Ne te lance pas dans des calculs savants, oui le bébé a été conçu sur *Baradoz* pendant les vacances, et alors ? Tu pensais qu'on faisait quoi pendant que tu jouais sur la plage avec Lula, du Scrabble peut-être ?

Lula est enchantée, un petit frère ou une petite sœur, ça la botte, je peux comprendre.

J'ai compris que tu repars le 20 décembre, alors je te souhaite bon vent, bonne mer et même, joyeuses fêtes.

Ton frère qui t'aime.

Jill

Luna éteint son ordinateur. Son premier réflexe est égoïste. Elle se referme sur elle-même et rumine.

— J'ai perdu l'homme de ma vie, je suis seule, mes parents sont morts et je n'aurai jamais d'enfant, de toute façon avec qui ?

Puis elle reprend le dessus, accepte les choses comme elles viennent et se réjouit, ce sont là deux très bonnes nouvelles, les êtres qui lui sont chers sont heureux, sa meilleure amie et son frère vont avoir un bébé, génial !

— Eh, Paul, tu m'entends ?

— Ouais, quoi, qu'est-ce qu'il y a ?

— Je t'invite au resto !

— Encore ? T'as gagné au loto ?

— Mieux qu'ça. J'vais être deux fois tata, ma meilleure amie et mon frère.

— Ils sont ensemble ?

— Tu ne piges rien, ils attendent un bébé chacun de leur côté, deux bébés donc, allez, ça s'arrose doublement !

Les voilà partis en riboule. À Rodrigues, l'ambiance est créole, festive, musique à pleins tubes, le Sega, et danses locales. Les deux marins vont ainsi faire la fête toute la nuit. Leur amitié, bien que nouvelle, est importante pour Luna, quand on vit tant de choses, on a besoin de partager. Ils ont aussi plusieurs expériences en commun : le deuil, la perte prématurée d'un grand amour, la solitude, la vie de marin, leur relation se renforce chaque jour.

Les joyeux lurons en goguette s'envoient des cocktails à base de rhum, des bières, la Phoenix, brassée à Maurice, la grande sœur de Rodrigues. Le patron du troquet monte le son et tout le monde danse jusqu'à plus soif sur un medley multiculturel et endiablé.

Les dernières journées d'escale sont mises à profit pour pratiquer le kite et faire l'avitaillement en vue de la longue traversée à venir. Manger, toujours manger, c'est fou ce que ça devient une préoccupation majeure en bateau. Luna a l'impression de passer son temps au supermarché, oui, c'est vrai, mais cela arrive, quoi, une fois par mois tout au plus.

Un beau jour, ou peut-être une nuit, non, c'était bien le jour, Paul et Luna traversent l'île en bus et s'arrêtent près de l'aéroport. Il est assez petit et ne permet que des vols vers Maurice, il y a bien un projet d'extension afin d'accueillir des gros porteurs, mais rien de concret en définitive. Est-ce un mal ? Pour le développement du tourisme, c'est certain, mais ce frein a aussi permis à Rodrigues de conserver son authenticité. Les rares visiteurs ? De riches Mauriciens, quelques Réunionnais, finalement pas grand monde. C'est un privilège. À côté, l'île Maurice est une usine à touristes, avec grands hôtels, voitures de location, activités en tous genres et vols charters déversant chaque jour leurs flots d'Européens aux poches bien garnies.

Près du petit aéroport, donc, est implantée une réserve pour tortues terrestres, des Seychelloises, qu'une fondation a décidé de sauvegarder ici, étant donné qu'aux Seychelles, ils les bouffent !

Quand les premiers Européens ont découvert Rodrigues, il y avait tant de tortues qu'on pouvait traverser l'île en marchant sur leur carapace sans mettre un pied à terre, du moins selon la légende. Ensuite, les Hollandais ont fait une razzia, plus aucune tortue, plus un arbre d'ébène non plus, sauf dans cette réserve où les belles centenaires se laissent caresser le cou langoureusement. C'est doux et calleux en même temps, Luna est sous le charme, quels animaux pacifistes, comme cela a dû être facile de les exterminer, le carnage ! Paul se marre de la voir s'arrêter à chaque nouvelle tortue pour la câliner.

— Toi, tu es en manque d'affection, s'écrit-il.

— Oui, mais heureusement, je t'ai toi, en tout bien tout honneur, lui rétorque Luna malicieusement.

Paul aussi souffre de la solitude, même s'il a fait quelques rencontres, alimentaires et sanitaires, comme il le dit lui-même, il n'est pas encore remis du décès de son amant. Le sida, quel stéréotype, mais c'est pourtant bien cette satanée maladie qui lui a enlevé l'homme de sa vie. Alors qu'il n'imaginait plus l'avenir et voulait se laisser mourir, une de ses amies lui a prêté son petit voilier, neuf mètres quand même, et lui a suggéré de faire un tour, de réfléchir et de revenir quand ça irait mieux. Le Paul, il a trouvé ça si bien qu'il lui a racheté le bateau et qu'il est carrément parti vers l'Ouest, en partant de Vancouver, cela signifie grand saut dans le Pacifique. Paul dit qu'il est sur le chemin du retour à la vie, de la résurrection, il commence à faire son deuil. Pour Luna, le chagrin d'amour est trop récent, et elle ne peut s'empêcher d'espérer revoir Tony et de tout reprendre à zéro. Paul, d'ailleurs, lui conseille d'écrire aux Marquises, lui qui n'aura jamais cette chance de renouer. Il tanne Luna de faire quelque chose, écrire, téléphoner, mais la cicatrice est encore vive dans le cœur de la belle, elle est incapable d'une telle initiative.

Les deux confidents remontent dans l'autocar qui se remplit rapidement. C'est la tournée des écoliers. Les gamins en uniforme, un survêtement bleu et jaune, squattent les dernières places assises, pour les plus dégourdis, tandis que les autres stationnent dans l'allée centrale. Les trajets des enfants sont courts, mais le car est en surcharge, un accident et ce serait l'horreur. Heureusement, le chauffeur est prudent et tout le monde rentre sain et sauf. En passant par le marché, Luna fait le plein d'achards, elle raffole de ce plat créole, épicé à souhait. Marie-Rose vend aussi des confitures de coco, excellent pour le ventre, moins pour la ligne, Luna s'en fiche, elle est aussi svelte qu'un mannequin suédois.

Paul a décidé d'appareiller le même jour que Luna, son *My Dream* va beaucoup moins vite, ils ne navigueront que peu de temps de conserve, côte à côte. Le capitaine du port passe justement leur annoncer que le cargo de ravitaillement doit arriver et qu'ils doivent libérer le quai, c'est un signe du destin, le moment de partir est venu.

20 décembre, les nouveaux amis s'écartent du quai, l'escale fut courte mais riche en émotions. Forte des bonnes nouvelles

qu'elle a reçues, des virées en kite ainsi que de l'ami qu'elle a gagné, Luna est dopée et motivée pour cette étape vers l'Afrique du Sud. Ils se sont donné rendez-vous à Richards Bay. Il leur faudra d'abord déborder largement Madagascar pour éviter la mer qui peut être agitée dans ces parages, et puis surveiller la météo, car les dépressions du grand Sud peuvent générer des vents violents, et une mer démontée, c'est un des endroits les plus malfamés au monde, du moins selon les professionnels de la marine marchande.

— L'Indien, c'est sioux, transpose Luna.

9

Un dernier petit signe et, déjà, les regards de Paul et Luna ne se croisent plus. *Baradoz* file bon train et Paul la regarde s'éloigner, il la contemple, admiratif. Le voilier de Luna est bien équipé, elle peut recevoir des données météo par satellite. Paul, lui, navigue à l'ancienne, il laisse le destin décider de son sort. Il n'a d'autre appareil que son GPS et sa radio VHF. D'ailleurs, il plaisante en racontant qu'il navigue dans son plus simple appareil ! Cet équipement précaire semble désuet quand, en grande majorité, les voiliers sont équipés d'une balise de détresse, d'un téléphone satellitaire, de logiciels de navigation, et de cartes numériques du monde entier. Cela entraîne, d'ailleurs, de drôles de comportements, certains gouvernent depuis la table à carte, « plus deux degrés », « moins un degré », consigne envoyée au pilote sans même jeter un coup d'œil dehors, comme sur *Virtual Régata* ! Luna sait combien la vigilance doit rester maximum, les cartes peuvent être décalées ; d'accord, avec le GPS, on est positionné à quelques mètres près, mais les cartes dont les relevés datent parfois du XVIIIe siècle n'ont évidemment pas cette précision. Luna admire son copain qui navigue comme il y a vingt ans, même s'il a son GPS et ses cartes en papier. Pour les grands découvreurs, les Magellan, les Cook, les Dias, les Vasco de Gama, Jacques Cartier et autres Christophe Colomb, il n'y avait que le sextant, les étoiles, le sablier, des cartes incertaines, ceux-là, c'étaient des aventuriers, des balaises ! Chapeau bas ! Maintenant, il y a même, sur *Baradoz*, l'AIS qui permet de visualiser les navires émetteurs, dans un rayon d'environ vingt nautiques, de connaître leur nom, leur cap, leur vitesse et même leur destination, quelle sécurité supplémentaire, il manque juste l'âge du capitaine ! Si l'un de ces bateaux a la mauvaise idée de s'approcher un peu trop de son voilier coloré, l'alarme se déclenche, et Luna est alertée. Pour une solitaire, c'est extra, même si cela ne l'affranchit pas d'un coup d'œil sur l'horizon toutes les vingt minutes. Le radar, quant à lui, balaye les alentours et sonne s'il y a du monde ; hélas, quand la mer est très agitée, il sonne un peu trop souvent, prenant une vague déferlante pour un navire, erreur de cible. Luna déteste ces réveils intempestifs et se voit parfois contrainte de shunter cette alarme radar. Justement, c'est ce qu'il s'est passé la nuit dernière, et, comble de malchance, un gros porte-conteneurs était en route collision, avec, pour couronner le tout, son émission AIS en panne. Si Luna n'avait pas fait son tour d'horizon, bouhh, froid dans le dos…

Noël en mer, c'est un peu spécial. Jill lui a offert un cadeau qu'elle déballe à minuit, sous une demi-lune. Un crocodile en peluche, trop mignon ! Elle sable le champagne, juste une petite bouteille. Elle a trouvé de bonnes conserves françaises à Rodrigues, foie gras, cuisses de canard, un dîner de fête, Luna se fait plaisir. En sirotant sa coupe, elle pense à Chloé et Yannick, à Jill, Zeena et Lula, à Paul, là-bas derrière, seul en mer lui aussi. Puis ses pensées dérivent jusqu'à Tony, il lui manque tant.

Le lendemain de Noël, c'est un orage qui mène la danse, ça tonne, ça s'illumine autour de *Baradoz*. C'est près, trop près. Luna craint la foudre. Elle se souvient des dispositions à prendre : mettre l'électronique portable, GPS, VHF, ordinateur, dans le four, effet cage de Faraday garanti. Cela fait un bien drôle de gâteau. Mais Luna n'a pas le cœur à rire, elle est concentrée sur les éclairs dont elle essaye de deviner la course, mais c'est sans espoir. Finalement, elle s'en tire bien, pas de dégât.

Le 31 décembre, elle ne prend même pas le temps de le fêter. La mer est mauvaise, le vent fort, la fatigue est pesante. Luna n'a pas de goût à festoyer pour le changement d'année.

— C'est bien un truc de Terrien, ça ! Moi, je ne sais même pas si on est lundi ou mardi.

Réveillonner seule, on peut comprendre que cela n'enchante guère la belle navigatrice. Elle se souvient du réveillon en mer, avec José et Maria, ils avaient aimé, à l'époque. Puis, l'an dernier, c'était avec Tony et ses copains, elle préfère ne pas trop y penser, au risque de sombrer dans la nostalgie.

Le 2 janvier, les côtes africaines sont en vue. Terre ! Luna est mélancolique. Christophe Miossec lui chante dans les oreilles que « la mélancolie est communiste, tout le monde y a le droit de temps en temps ». Arriver à terre, c'est revenir à la réalité, faire les paperasses, aller dans les magasins, respecter les horaires, supporter les autres… En mer, elle est libre, libre de son temps, elle va où elle veut, quand elle veut, elle chante, elle danse, qui ça gêne, seule au monde, sur son fier esquif, seule sur les flots bleus de l'océan Indien.

De moins en moins bleus, les flots, à l'approche de Richards Bay la mer vire carrément au vert trouble, on y croise des tortues, elles lèvent la tête, surprises, comme pour saluer la jeune fille sur son voilier orange. Luna contacte la tour de contrôle qui gère le trafic, et du trafic il y en a, une bonne quinzaine de cargos en attente au mouillage, une cinquantaine dans le port, le pilote est déposé en hélicoptère sur ces grands navires, ça n'arrête pas. Luna n'a encore jamais vu une telle activité, même Panama pourrait sembler calme en comparaison. Pour l'heure, elle est toute à ses manœuvres, pas le moment de relâcher l'attention, elle vient de faire une traversée longue et dangereuse, dans des mers malfamées, il lui tarde de se reposer.

Elle s'amarre à couple d'un grand voilier turquoise battant pavillon sud-africain, le Musa. Le skipper, un blanc, l'aide à accoster. Elle fait les derniers rangements en attendant les autorités qui ne tardent pas à lui rendre visite. Des noirs, pardon, ici, on dit des browns, très sympas en tous cas, tous harcelés de coups de fil sur leurs portables, à ce rythme, difficile de tenir une conversation. Enfin, c'est terminé, elle est seule à bord, il est dix-huit heures.

— Bienvenue en Afrique du Sud, lui souhaite Ulli, le Sud-Africain d'à côté.

Il lui propose de partager son repas. Trop fatiguée pour cuisiner, elle accepte volontiers l'invitation. Ulli a dépassé la cinquantaine, bien conservé, cela dit, il affiche un petit air de Freddie Mercury, mais Luna se garde bien de lui en faire part, la comparaison avec le gay le plus sexy de tous les temps pourrait vexer son hôte. D'origine chypriote, Ulli vit en Afrique du Sud depuis ses vingt ans. Il vient de mettre fin à son troisième mariage, il a une bonne douzaine de gosses, disséminés sur tout le globe, et vient de revendre son commerce d'outillages pour partir sur son grand voilier, envisageant d'embarquer, au gré du vent, famille, amis et passagers payants. Ils évoquent l'apartheid qu'Ulli a vécu, il reconnaît qu'il lui reste encore des réflexes racistes, seules vingt petites années se sont écoulées, il faudra au moins une autre génération pour tourner la page. Lui n'a aucun ami noir, ses enfants oui, des copains d'école essentiellement. C'est sûr, ça ne risquait pas d'arriver avant 1992, les noirs n'avaient pas accès à l'éducation, ou si peu…

Ulli déborde d'admiration pour la jolie Française qui vient d'accomplir une belle traversée et de terminer sa virée dans du vent fort. Le vin aidant – du bon vin, ils savent y faire ces Sud-Africains – Ulli se fait un peu trop pressant aux yeux de Luna qui, morte de fatigue, plante là son voisin et, d'une enjambée de filière, rejoint Morphée sur *Baradoz*. Une nuit douce et calme, sans avoir à se réveiller en sursaut pour contrôler sa route. Bien protégée dans le port, l'eau est un miroir, pas même un petit clapotis ne dérangera la princesse endormie dont les rêves sont hantés par un prince charmant marquisien.

Elle est éveillée par Pati, une Suédoise qui navigue avec son jeune mari sur *Savuti*. Avec un autre jeune couple, californien cette fois, qui voyage sur un joli cotre en bois, ils ont loué une voiture et proposent d'emmener Luna au supermarché. Elle est emballée, un peu de compagnie lui fera du bien, et des jeunes en plus, ces quatre amis, rencontrés il y a quelques mois, en Australie. Au centre commercial, Luna touche enfin l'Afrique noire. Alors qu'à la marina et dans les commerces alentour, la clientèle est essentiellement blanche, ici, le ratio des 80 % de noirs est vérifié. Le centre commercial est gigantesque, des centaines de boutiques, deux grands supermarchés, de quoi se perdre. Le club des cinq remplit allègrement les chariots de provisions, pour des sommes assez modestes, les filles font même un peu de shopping, laissant les garçons s'affairer au cybercafé. Luna met ainsi le grappin sur une petite robe en jean, elle en rêvait, la lubie du moment, ne pas chercher à comprendre.

Les deux couples ont réservé trois nuitées dans le Lodge d'une réserve africaine, le parc Hluhluwé. Impossible à écrire, à prononcer c'est pire, « chouchloué ». Gentiment, ils l'invitent à se joindre à eux. Oh, quelle bonne idée ! Un peu de tourisme pour agrémenter ce séjour, surtout que Paul n'arrivera pas avant trois jours, autant profiter de l'aubaine. En attendant, ils font la fête au bar de la marina, pas question de se risquer à aller traîner ailleurs la nuit. Chômage, violence, délinquance, insécurité, avec quelque quinze millions de clandestins pour quarante millions d'habitants, cela donne une idée du climat malsain, surtout quand, à côté, les richesses naturelles, mines d'or, de diamants, de minerai, et même vignobles, vont au seul bénéfice de certains privilégiés. Dire qu'il se vend une Ferrari par semaine !

Luna et Ulli prennent le petit-déjeuner sur *Baradoz*, même si elle doit régulièrement repousser les avances de son voisin, elle tient à rester en bons termes, et puis ils s'entendent à merveille. Ulli a promis de veiller sur le voilier à coque orange pendant le safari de sa protégée. Tout est fin prêt, les deux couples et la belle célibataire ont chargé leurs sacs à bord du 4x4. C'est parti pour l'aventure ! Ils empruntent la nationale qui borde une longue forêt de pins, puis, en deux heures à peine, gagnent leur hôtel, en plein cœur de la savane. Luna a réservé la dernière chambre disponible et se retrouve dans une somptueuse hutte surplombant le parc et la nature préservée à perte de vue. C'est un peu cher pour son budget, mais elle est ravie.

Laissant les autres roucouler de leur côté, Luna traîne ses guêtres au bar du Lodge. Un guide du parc engage la conversation. Mbula est d'origine zouloue et il en est fier. Il descend de valeureux guerriers. Sa peau est noire de jais et ses traits sont fins. Il est rieur et amusant. Luna l'écoute sagement lui raconter la culture zouloue, son travail dans le parc, ils restent discuter jusque tard dans la nuit, amicalement. Luna apprécie ; pour une fois, elle ne se fait pas draguer, ça l'arrange. Mbula a quelques jours de congés devant lui et propose à Luna une visite privée du parc. Elle jubile, quelle chance, et puis coller aux basques des quatre tourtereaux, cela ne l'enchantait guère, finalement. Ils se retrouvent à l'aube et embarquent dans le pick-up du parc qui présente l'avantage d'être surélevé, augmentant ainsi les chances d'observer la faune sauvage. Luna est rapidement plongée dans l'ambiance de la savane. Un couple de girafes longe la route, d'une démarche dégingandée, perchées sur de longues jambes, et bien sûr surmontées d'un long cou. Elles marquent un arrêt pour s'empiffrer de feuilles sous un arbre, et sous les yeux ébahis de la Parisienne en liesse. Plus loin, des phacochères se prélassent au soleil, puis arrivent des zèbres au pelage rayé, magnifiques. Mbula stoppe la voiture, les zèbres les doublent, à deux mètres à peine, pas farouches pour un sou. La piste se poursuit et rejoint une rivière, révélant un décor somptueux. *Le Lion* de Kessel. Luna en a le souffle coupé, une harde d'éléphants s'ébat au bord de l'eau. Certains se roulent dans le fleuve à la recherche d'un peu de fraîcheur, une mère arrose son petit, le spectacle est attendrissant. Mbula explique comment ces pachydermes, à la démarche pataude, peuvent s'avérer extrêmement dangereux s'ils ressentent une quelconque menace pour leurs petits. Il lui explique que si leurs oreilles s'agitent frénétiquement, cela signifie qu'ils sont en colère, alors là, mieux vaut filer dare-dare.

Plus loin, dans un trou d'eau, se vautre une famille rhinocéros, papa, maman, bébé. Le mâle est énorme, plus gros que le pick-up, sa corne est imposante, il surveille sa compagne et son petit du coin de l'œil. Beau bébé, allez, la taille d'une Twingo déjà, ça promet ! Ensuite vient le tour des buffles qu'ils découvrent avachis dans une mare boueuse. Cette glaise noire leur confère un air revêche, ils sont puissants, tandis qu'à côté de frêles impalas, des zèbres et des girafes vaquent à leurs occupations et parachèvent le tableau. Ce petit monde cohabite en toute quiétude, même si, comme le précise Mbula :

— Il ne faut pas s'y tromper, c'est un monde sauvage, l'impala est le déjeuner favori des lions, c'est la dure loi de la jungle, tout n'est pas si féerique.

Ils rentrent au Lodge où Luna doit retrouver ses amis pour dîner, et ne retrouver Mbula qu'en fin de soirée au bar pour un Rasta Rocket, un cocktail ressemblant à un irish coffee, mais où le rhum remplace le whisky. Le repas est joyeux, chacun y va de son anecdote, les autres se sont débrouillés seuls et ont aussi vu un grand nombre d'animaux. Ils en sont tout excités, qui aurait rêvé ça, ils n'en reviennent pas eux-mêmes et ils ont encore deux jours d'aventure devant eux.

Les Américains et Suédois regagnent leurs pénates et Luna s'approche du bar. Il est tard, mais elle compte bien y retrouver son guide zoulou qui, étrangement, lui a manqué pendant le dîner, son rire communicatif, ses grimaces imitant l'éléphant en colère... Mbula l'attend, discrètement accoudé à un coin du comptoir. C'est étonnant comme les regards convergent vers eux, ils ne forment pas un couple, bien sûr, mais les autres doivent se l'imaginer, et les couples mixtes sont rarissimes ici. Il leur commande le fameux breuvage à base de rhum et ils se refont le film de la journée. Luna est tellement reconnaissante. Fatigue, excitation de la journée, alcool, manque de tendresse aussi, Luna laisse ses barrières tomber une à une et le beau Zoulou en profite pour lui faire du « rentre-dedans », il la flatte, facile, elle est sublime, il est galant, attentionné, la belle se laisse apprivoiser et l'invite dans sa case africaine. Luna, son cœur, son corps surtout, manque cruellement d'amour, elle se laisse emporter et succombe aux caresses délicates du guerrier à la peau d'ébène.

La journée suivante est également riche en rencontres : un léopard, une lionne, et même un grand lion. Cette fois, le compte y est, elle a « coché » les Big Five : lion, éléphant, rhinocéros, buffle et léopard. Mbula n'affectionne guère cette appellation qui provient des cinq gros bestiaux que les amateurs de chasse aimaient tuer, surtout pour en rapporter les trophées, la classe au-dessus de la cheminée, beurk ! Quelle cruauté que de chasser ces animaux majestueux, des forces de la nature.

Luna aurait souhaité souper avec ses amis en compagnie de Mbula, mais, en tant que membre du personnel, il n'est pas autorisé à fréquenter le restaurant. Ils décident alors de se faire servir un dîner, en amoureux, dans la case luxueuse de Luna. Ils sirotent du pétillant en admirant le crépuscule sur la savane. La journée a été chaude et animée, la nuit d'amour sera du même acabit.

Trois heures du matin, l'iPhone de Mbula crépite un vieux tube de Bob Marley. Ah celui-là, on le voit et on l'entend partout dans le monde, aussi connu que Coca-Cola, c'est une référence planétaire. Le gars d'astreinte du parc s'explique, un lionceau est en difficulté ; le lion, c'est justement la spécialité de Mbula qui se doit d'intervenir.

— Oh, s'il te plaît, emmène-moi avec toi, promis juré, je ne te gênerai pas dans ton travail, minaude Luna.

Mbula est incapable de lui refuser quoi que ce soit, il fond sous le charme de la belle blonde au sang chaud. Ils bondissent dans le pick-up, retrouvent le collègue de Mbula qui, trop pressé de regagner son lit, les plante là sans demander son reste, à peine étonné de croiser cette assistante incongrue. Le lionceau est couché sur le flanc, dans l'herbe, il miaule comme un chaton, sauf que lui est déjà plus gros que le plus gros des matous. La patte avant droite est blessée, superficiellement, fort heureusement. Mbula se saisit de l'animal avec douceur et professionnalisme et le rapporte au pick-up. Le lionceau est docile, confiant. Luna est sous le charme, cet homme qui, il y a quelques heures à peine, transpirait en lui donnant du plaisir, est maintenant tendre, le lionceau blotti dans ses bras, il le tient comme son propre bébé.

— Tu vas m'aider, tiens, prends-le, Luna.

Dans le feu de l'action, elle ne réalise pas la chance qu'elle a de tenir ce petit animal entre les bras, le temps que Mbula lui panse la plaie. Son bonheur est sans limites ; comme saisie d'un instinct maternel, elle veut, de tout son être, protéger ce lionceau, elle ne pense qu'à son bien-être et à sa sécurité. Mbula la sort soudain de sa torpeur.

— Terminé, les filles !

— Ah, c'était donc un bébé lionne.

— OK, toi, tu repars dans la savane, et nous, on rentre au Lodge.

Luna n'a pas fini de rêver de cet instant magique durant lequel elle a donné de sa chaleur et de sa tendresse à un petit animal sauvage en détresse. Après ces émotions, une grasse matinée s'est imposée. Le petit-déjeuner a été livré dans la suite, on sait vivre dans ce Lodge. Les deux amants repartent ensuite en expédition, cette fois à pied. En marchant, on diminue les chances de rencontrer des animaux, mais on les dérange moins et c'est une autre relation qui s'installe, sans la barrière protectrice du pick-up. La randonnée est magique, Luna la navigatrice est aux anges, l'appareil photo déborde de clichés hallucinants, Luna ne redescend plus de son nuage.

Un spectacle de danses zouloues est annoncé au programme de la soirée.

— Et toi, tu danses, Mbula ?

— Pour toi, tout ce que tu veux, mais dans la chambre, alors, répond-il en lançant un regard concupiscent. Je n'aime pas montrer mon corps en public, je le réserve pour une certaine intimité…

— J'imagine que tu sors souvent avec tes clientes.

— Non, tu n'y es pas. C'est rare, et de toute manière, jamais de blanche. Déjà, elles ne sont pas belles, et puis j'ai toujours l'impression qu'elles me prennent pour un sauvage, un bon nègre qu'elles voudraient bien goûter, cannibales !

— Ah, merci.

— Non, toi, Luna, tu es différente. Tu es ma lionne, mi-farouche mi-apprivoisée. J'ai su au premier regard que tu me respectais, moi le nègre zoulou !

Le spectacle est fantastique, danseurs et danseuses sont revêtus de peaux de bêtes, les danses sont rythmées par un tambour endiablé. Ils lèvent les jambes au ciel avec énergie, ce sont des danses guerrières qui révèlent la puissance des corps et leur élasticité. Luna est conquise, les Américains et les Suédois applaudissent à tout rompre, c'est aussi la fin de leur séjour ; demain, tout le monde rentre au port. Tard dans la nuit, Mbula rejoint Luna dans sa case et, tel un félin, grimpe dans son lit à baldaquin recouvert de moustiquaire. Elle se donne à lui sans retenue, excitée par les danseurs dénudés. Elle sait qu'ils ne se reverront plus et veut profiter de lui jusqu'au bout de la nuit. Elle n'est pas amoureuse, ou plutôt si, mais le corps qui la fait fantasmer est à des milliers de kilomètres, sur un autre océan…

Rentrée sur *Baradoz*, Luna s'effondre dans sa bannette, les journées avec les animaux, et les nuits avec Mbula, à faire « goulou goulou dans la case », son corps est repu. Les deux bateaux amis ont quitté le port lorsqu'elle se lève le lendemain, elle accepte avec plaisir l'invitation d'Ulli pour un café-croissant au troquet d'en face. Elle lui rapporte ses aventures, occultant l'épisode zoulou, pour ne pas le rendre jaloux, c'est qu'il essaye encore de la draguer, il exagère, il pourrait être son père. Ulli est très occupé par les travaux sur *Musa*, alors il propose de lui prêter sa voiture, lui conseillant de visiter le parc Santa Lucia, infesté de crocodiles et d'hippopotames. Même si Luna aurait préféré qu'il lui serve de guide, elle accepte volontiers l'offre. Elle s'imagine qu'il lui marque ainsi sa déception de ne pas aller plus loin avec elle.

Un nouveau safari s'annonce donc pour Luna, une seule journée cette fois. Paul l'accompagne, il arrive tout juste de sa traversée où il a enchaîné les avaries, problèmes de pilote, de batterie, tempêtes, orages, mer démontée et vents furieux, il a cru mourir plusieurs fois et il n'est pas mécontent de délaisser son voilier pour le plancher des vaches ; ici, plutôt le plancher des hippopotames. Paul a pris la décision de vendre *My Dream* en Afrique du Sud et de regagner Vancouver en avion. Les longues discussions avec Luna à Rodrigues, suivies des conditions horribles de la dernière navigation l'ont convaincu, il se sent prêt pour reprendre sa vie canadienne, souhaitant juste profiter de l'Afrique du Sud et de son amie française avant de repartir. Luna et Paul restent bien sagement à l'intérieur du vieux Land Rover et se délectent du spectacle que leur offre la nature. Un groupe de crocodiles trace son sillage dans l'eau du fleuve. Plus loin, des hippopotames par dizaines broutent les prés. Comme ils sont amusants lorsqu'ils restent immergés, seuls les naseaux et les yeux émergent tels des périscopes de sous-marins, le face-à-face entre les animaux et les deux compères est risible, une petite musique de western, on s'y croirait. Qui va dégainer le premier ? C'est Paul avec son Nikon de compétition.

Toutes ces rencontres sauvages, il n'en faut pas plus à Luna qui craque littéralement pour ce pays. Mais la roue tourne, et la belle doit poursuivre sa route. Elle salue son voisin chypriote, l'invite à lui rendre visite dans la capitale française et s'organise une dernière soirée de fête avec Paul. Apéritif sur *Baradoz*, dîner sur *My Dream* et digestif au Dros, le bar de la marina qui ne désemplit pas. La musique anglo-saxonne anime la soirée. Les deux amis ont mis « dans leur cornet », comme ils se l'avouent, un peu émus de se quitter déjà.

— Décidément, j'en laisse du monde sur mon chemin, larmoie Luna.

— Ne pleure pas, Luna, c'est tout le contraire, tu as gagné un ami pour la vie, et j'espère bien que tu viendras visiter Vancouver, j'ai là-bas une jolie maison en bois, au bord d'un lac.

— Ah, le coup de la cabane au Canada, on ne me l'avait pas encore faite, celle-là !

Échange d'adresses, échange de promesses, échange de tendresse, ils se quittent, chacun allant vers le destin qu'il s'est choisi. Luna fait route vers le sud, en direction de Capetown. La météo est clémente, la traversée sans encombre. Elle double le cap des Aiguilles, le point le plus sud du continent africain. Les anciens l'avaient ainsi surnommé car les marins avaient noté qu'en ce point, la déclinaison est nulle, le cap compas est le cap vrai, l'aiguille donne le bon nord ! Luna, quant à elle, l'aurait plutôt baptisé le cap des Otaries, elles sont des centaines, sortant la tête pour regarder passer le voilier orange, puis replongeant gaiement, il y a aussi de grands dauphins bruns et même quelques baleines dont le souffle forme un V de vapeur. Plus haut dans les airs, les albatros décrivent de longues trajectoires, leur envergure démesurée fascine le marin de passage. Un coup d'œil sur la carte, c'est bien vrai, Luna est de retour en Atlantique, c'est comme de rentrer à la maison, dans l'océan qu'elle connaît bien. Ensuite, elle longe le fameux cap de Bonne Espérance, cap des Tempêtes de son premier nom, mais heureusement pour la jeune avocate, en ce jour, c'est venté, oui, mais on est loin de la tempête, disons un petit trente-cinq nœuds de vent.

La « Table Mountain », plate comme une table, domine Capetown, et fièrement, Luna faufile son Pogo 12.50 le long du ponton du Royal Cape Yacht Club. Plusieurs voileux accourent pour l'aider à accoster, des régatiers qui préparent leur A35, un voilier de compétition français, pour la régate Crocs du week-end. Luna est d'ailleurs conviée, au cas où un peu de sport la tenterait. Et pourquoi pas ! Luna adore la voile et son voyage sur

Barradoz, mais ses connaissances en matière de régate sont limitées aux lectures assidues de *Voiles&voiliers* dont elle avait conservé l'abonnement de ses parents. Luna enfile donc bottes et ciré, une fois n'est pas coutume, et grimpe à bord du *Ray Of Light*. Gérard, le skipper, est français, ancien homme d'affaires et aujourd'hui amoureux fou de l'Afrique du Sud et surtout d'une Africaine, une blanche, *of course*. L'équipage est un modèle de mixité, hommes, femmes, noirs, blancs. C'est d'ailleurs le seul, note Luna, sinon il y a ce croiseur un peu ancien de trente pieds, équipage 100 % noir, qui se fait remorquer, faute de moteur, par ce beau yacht flambant neuf, mené par un fier équipage de blancs, portant des polos bleus aux couleurs de leur sponsor, et affichant même un énorme numéro dans le dos, comme de valeureux footballeurs. Luna sourit en imaginant les dialogues sur ce bateau :

— Eh, le N°3, borde la grand-voile !

— Le N°2 ramasse les aussières !

— Et toi le 8, tu rêves ou tu bordes ?

— Le 5, décapsule-moi une bière !

Sur *Ray Of Light*, le climat est tendu, chacun concentré sur son poste. Équipière occasionnelle, Luna n'a pas de rôle attitré, cela lui laisse le temps d'apprécier l'ambiance. La VHF gronde, on est dans les six minutes, les voiles sont hissées, le voilier longe la ligne à la recherche de la bonne option de départ. Vingt-sept concurrents sur un si petit espace, il va falloir jouer des coudes. Luna est plus tranquille sur son Pogo 12.50 à compter les albatros et les poissons-volants.

— Bang !

Coup de canon du bateau comité, dernière minute, le skipper éteint sa cigarette du départ, celle qui porte chance.

— Bien, remarque la Française, il fait l'effort de garder son mégot, quand combien d'autres l'auraient lamentablement benné à la mer pour dix ans de pollution, ah ces fumeurs !

— Borde, choque, j'envoie, reprends, de l'eau, tribord, rappel, on quiche, je gybe, tangon en l'air, du bras, risée, bascule, en tête…

Les cris et les consignes fusent, c'est plus animé que sur le pont de *Baradoz*. Luna est en nage, mais ça en vaut la peine, *Ray Of Light* vire en tête la bouée de dégagement. Puis il se fait rattraper par un *Bénéteau* de quarante-quatre pieds, *Black Cat* les reprend à la faveur d'un bord de près et passe en tête la bouée au vent, les spis se gonflent aussitôt, que c'est beau cette flottille, longeant la côte de Capetown, sous la montagne de la Table, si plate, et si haute, mille mètres quand même. Le spi de *Black Cat* est noir, c'est l'homme à abattre, le leur, d'un bleu turquoise, donne des envies de lagon, alors que la mer est verte et obscure. Derrière, l'arc-en-ciel des spis offre une palette de couleurs mises en lumière par un soleil de plomb.

— On s'le fait !

Le A35 reprend la tête, et cette fois ne la lâche plus. À peine la ligne d'arrivée franchie victorieusement, Gérard percute une bouteille de champagne, du *Leroux*, du sud-africain.

— Finalement pas si mauvais, se dit Luna en transférant la bouteille à son voisin, Tiens, il est mignon celui-là, il ressemble à Mbula, mon guerrier zoulou.

Au Yacht Club, pardon, au Royal Yacht Club, la remise des prix est rapidement expédiée. L'équipage grimpe sur le podium et récupère un curieux trophée, une *Crocs* d'un bon mètre, le modèle pour éléphant, c'est sûr, ça va en jeter sur la cheminée de Gérard. Le partenaire de la course est donc cette fameuse marque de chaussures en plastique, bien connue des infirmières et des cuisiniers, et maintenant des voileux. Luna se souvient de l'équipage de Groupama, le trimaran mené par Frank Cammas, arrivant de leur record autour du monde, tous chaussés de reluisantes *Crocs* noires. Luna adore cette marque, c'est bien pratique en bateau, elle a toute la panoplie : d'abord le fameux sabot, en noir et en rose selon l'humeur, puis les mini-bottes et enfin les mules à talons, un modèle sorti en 2012, un must ! Tous les équipiers vainqueurs reçoivent une paire neuve, bleue à liseré rouge, le modèle marine.

— Heureusement que ce n'est pas *Pampers* qui organise la course, ricane Luna.

— Oui, répond Gérard, mais la prochaine, c'est encore mieux, Moët & Chandon !

Elle donnerait cher pour une coupette de ce breuvage, le champagne, le seul, le français, pas une de ces caricatures néo-zélandaises ou sud-africaines qui arrivent à peine à la cheville d'un vulgaire Crémant de Loire. C'est vrai qu'elle donnerait cher, mais elle n'est pourtant pas prête à mettre le prix outrageux que demandent les cavistes du quartier, et puis, ce n'est pas l'esprit de son voyage, faire tout ce chemin pour payer si cher une boisson qu'elle sirotait régulièrement avec les copines ou à son travail… Place maintenant au cocktail, justement, et à la fête. Les équipages en goguette sont survoltés, la bière et le vin coulent à flots. Les plus atteints, debout sur les tables, dansent sur le dernier Black Eyed Peas en ondulant du bassin avec plus ou moins de réussite. C'est *Dirty Dancing* mais en mode dégradé, plus dirty que dancing. Les filles les plus délurées remontent leurs jupes en dansant, elles se font allumeuses, les hommes les plus échauffés tombent la chemise, révélant d'odieuses proéminences graisseuses, communément surnommées bébé Kro. L'image de l'homme, celui avec un grand H, ne sort pas grandie de telles exhibitions désinhibées. Qu'importe, Luna s'amuse comme une adolescente pour sa première boum, sans le stress du premier baiser. La soirée est soft, de l'alcool, oui, à gogo même, mais ni fumette ni bagarre, on est au Royal Yacht Club, ne l'oublions pas. Comme du temps de Sophie Marceau, cela drague à tout va. Luna fait l'objet de toutes les convoitises, elle est nouvelle dans la place, elle est sublime, française, ce qui est exotique en Afrique du Sud, et son parcours maritime en solitaire en épate plus d'un. Et même plus d'une ! Thelma, équipière sur *Black Cat*, lui fait une approche très « rentre-dedans » aux lavabos des filles. Luna est rompue aux comportements à tenir pour repousser les assauts des hommes, mais elle n'y connaît, en revanche, rien aux femmes. Thelma, forte des litres d'alcool ingurgités, finit carrément leur conversation, pourtant peu sensuelle au demeurant, par saisir fermement le visage sibyllin de Luna entre ses larges mains, et par lui rouler un bon gros patin, de chez patin, laissant la belle, qui n'avait rien vu venir, toute chancelante.

— Ouh là là, se dit-elle, il va falloir que je remette les pendules à l'heure. OK, j'aime bien tailler le bout de gras cinq minutes dans les WC des nanas, mais non, je ne compte pas m'envoyer en l'air avec une personne du même sexe.

N'en déplaise à l'entrepreneuse Thelma, qui, il est vrai, a beaucoup de charme, mais, rien à faire, Luna n'est pas intéressée. À voile et pas à vapeur !

— Eh bien, quand je vais raconter ça à Paul, j'imagine trop bien.

Luna visualise alors la scène.

— Paul, j'ai été embrassée par une fille !

— Elle était comment ?

— Grande, brune, mince, des formes, un canon, en fait, elle est mannequin. Entre Jennifer Aniston et Catherine Zeta-Jones, tu situes ?

— Euh… Pas trop.

— Ben quoi, je n'suis pas un thon, alors j'attire les belles filles, point final.

— Et alors, comment c'était ?

— Mouillé !

— J'ai déjà entendu ça !

— Dustin Hoffman, *Rainman*.

— Sérieusement, tu as aimé ?

— Honnêtement, elle m'a eue par surprise, mais ce n'était pas si désagréable, je ne pourrais dire ça. Elle emballe mieux que la plupart des mecs que j'ai connus, mais bon, les femmes, ce n'est vraiment pas mon truc.

Finalement, Luna se jure de surtout ne pas en parler à Paul, ni à Chloé, d'ailleurs. Par mail, c'est facile de mentir… par omission.

— Toc, toc, il y a quelqu'un ?

Luna sort de son sommeil en pestant.

— C'est quoi ce raffut !

Il est dix heures du matin, des bribes de la soirée remontent par flash dans ses souvenirs, un coup d'œil sous la couette, non, c'est bon, elle a passé la nuit seule, il était pourtant insistant Henry, le sosie de Mbula, sans parler de Thelma la sauvageonne ; visiblement, grâce à la fatigue de la régate, elle a échappé à de nouvelles expériences.

— Luna, tu es là ou quoi ?

— Paul, mais quelle surprise, que fais-tu ici ?

Paul a vendu *My Dream* un peu plus rapidement qu'il ne l'escomptait, pactole en poche, il a pris l'avion pour visiter Capetown et, à tout hasard, est passé à la marina, pour y retrouver *Barados*. Ils sont ravis, vive les retrouvailles. Luna invite son ami à séjourner à bord en attendant son vol pour Vancouver la semaine suivante.

— Génial, on a une semaine pour découvrir la région et s'éclater tous les deux, s'écrie Luna.

Pour lancer les festivités, Paul offre un déjeuner au Waterfront. Ce complexe commercial est issu de la rénovation de la zone portuaire. Le quartier est piéton, on longe les bassins, il y a des boutiques et des terrasses de restaurants, de la musique dans les rues, c'est charmant, l'endroit idéal pour le touriste ou le Sud-Africain aisé, car les prix pratiqués sont européens, donc dispendieux.

De luxueux voiliers, amarrés au pied d'immeubles bourgeois, attendent qu'on daigne les sortir en mer, en tirant délicatement sur leurs aussières neuves lorsqu'une vedette « promène-touristes » déclenche un clapotis frémissant. Paul et Luna font un peu de shopping, il n'y a pas de mal à se faire du bien. Un short en jean, des Converses, il faut voir l'état de ses anciennes, un T-shirt Roxy, un autre de chez Lizzi, un label sud-africain. Cela se termine par l'incontournable Pack and Pay, pour les provisions de nourriture, ça ne s'arrêtera donc jamais ! Ils optent pour un retour en taxi, chargés comme des mules ; à pied sous le cagnard, très peu pour eux. Comme souvent, ils se font arnaquer par le chauffeur dont le compteur est soi-disant en panne.

Rassasiés par une ventrée de pâtes à la carbonara délicieusement mijotées par Paul, les deux amis terminent la soirée au bar du Yacht Club sur un cocktail Gin jus de fruits. Henry, l'adonis black, branche aussitôt Luna.

— Luna, je t'ai cherchée toute la journée, mais toi, tu n'as pas dû t'ennuyer, lance-t-il d'un regard appuyé vers le bel inconnu qui accompagne Luna.

— Tu n'y es pas, Paul est mon meilleur ami, et *(plus bas)* il n'aime pas les filles.

— Oh !

Rassuré, Henry invite la belle à dîner le lendemain sur la Table Mountain ; Luna hésite, tergiverse, et accepte finalement en éclatant de rire devant les mimiques éloquentes de Paul qui la pousse ostensiblement à accepter et à prendre du bon temps.

— De toute façon, lui avoue-t-il, après le départ de Henry, j'ai aussi un rencard, un type que j'ai rencontré à l'aéroport, un grand brun, raconte-t-il, un peu gêné de son aventure.

— Eh bien, c'est parfait, demain on s'envoie en l'air, s'écrie Luna sous l'œil effaré de Paul.

Le seul qui ait tout capté, c'est Georges, le barman, un Congolais, il est donc francophone et ne perd pas une miette des conversations libidineuses de la navigatrice solitaire escortée par un élégant pédéraste canadien.

Le coucher de soleil devant une coupe de champagne, du vrai, depuis la terrasse du restaurant de Table Mountain qui domine Capetown, ça vaut son pesant d'or, et cela restera un délicieux souvenir pour Luna qui observe son chevalier servant, d'un œil concupiscent et connaisseur. Service et cuisine raffinés, il ne fait pas dans la demi-mesure le bel Henry quand il invite une jolie demoiselle, il a sorti le costume Gucci, le coupé sport de chez Porsche. Tout va bien pour lui, ses parents détiennent la plus grosse mine de diamants du monde, alors pourquoi s'en ferait-il ? Au fur et à mesure que les plats sont servis, la conversation va bon train et Luna découvre, estomaquée, l'étendue de la richesse de la famille Mony-Emangene. Dire qu'elle le comparait à son guide zoulou, sans le sou, mais pas sans atout !

— Quelle nunuche suis-je, se dit-elle, en pensant qu'il n'y a évidemment pas que des blancs qui roulent sur l'or, dans ce pays « arc-en-ciel », comme aimait à le surnommer Nelson Mandela.

La soirée est donc élégante, Luna se flatte d'avoir opté pour sa robe la plus sexy, un classique, la petite robe noire, décolletée, courte et moulante à souhait. Henry n'a pas beaucoup besoin d'insister, elle accepte volontiers un dernier verre dans son loft sur le Waterfront. Beaux meubles contemporains, tableaux, chaîne hifi Bang & Olufsen, champagne, vue dégagée sur le port, tout est élégance et bon goût. Même dans ses draps de satin, l'Apollon garde son sang-froid, intimidé par la sublime navigatrice aux yeux clairs. Mais la belle n'est pas farouche et devient même entreprenante, grisée par les bulles françaises, alors les barrières tombent, en même temps que leurs vêtements sur le parquet d'iroko et leurs peaux d'ébène et d'ivoire se rejoignent.

Lorsqu'un rai de lumière taquine les paupières endormies de Luna, elle sursaute, puis met un moment à réaliser dans quel décor de rêve elle s'éveille. Un plateau garni du petit-déjeuner est délicatement déposé sur la table de chevet, avec un petit mot d'Henry, qui est déjà parti travailler. C'est que monsieur doit s'escrimer dans l'entreprise de papa pour payer les traites de ses bolides et du luxueux appartement. Le message est laconique, rien ne transperce des doux mots d'amour qu'il lui a servis toute la nuit. Henry lui propose une autre soirée, soirée surprise, pour le jour même. Rendez-vous au bar à vingt heures, ton incisif et impérieux d'un homme plus enclin à donner des ordres qu'à en recevoir.

Luna profite du confort du loft et surtout de la salle de bains, comble du luxe quand on vit sur un voilier, puis elle rentre retrouver Paul qui bouquine sur *Baradoz*.

— Alors, ta soirée ?

— Tu veux des détails ? répond Paul malicieusement.

— Pitié non, lance-t-elle, dans un cri du cœur, peu disposée à imaginer les ébats homosexuels de son ami.

— Bon, eh bien, si tu veux savoir, ça s'est très bien passé, on a beaucoup discuté, on a soupé dans un restaurant italien, des lasagnes magiques, puis on a fini en discothèque, et c'est tout.

— C'est tout ?

— Oui, pas le premier soir, c'est un principe, on n'est pas des bêtes !

— Oups !

— Nous n'avons pas les mêmes valeurs, si j'comprends bien. Mais bon, ce soir, je dîne chez lui à Camps Bay, alors là, je ne garantis pas le résultat…

— OK, dans ce cas, je vais pouvoir accepter la proposition de mon riche héritier.

— Héritier ?

— Oui, et j'aurais dû comprendre plus vite, comment veux-tu fréquenter le Royal Cape Yacht Club, surtout si tu es noir : en étant richissime, bien sûr ! Ce n'est pas un souci, il est sympa et puis il assure ; moi, premier soir ou pas, je profite, je ne vais pas poireauter après mon Polynésien jusqu'à la retraite. En attendant, on va profiter de la journée, mate un peu le porte-clefs !

— Ouah, un porte-clefs Porsche !

— Oui, et l'autre moitié du joujou nous attend sur le parking. J't'emmène. Ne t'inquiète pas pour Henry, il en a trois autres, plus une Ferrari, et encore d'autres bolides dont je n'ai retenu ni la marque ni la cylindrée.

Paul rêvait justement de visiter le cap de Bonne Espérance. Luna a eu la joie de le doubler à bord de son Pogo 12.50, mais au volant d'une 911 cabriolet, c'est aussi très exaltant. La pointe domine l'océan, docile en cette journée d'été, les deux marins n'osent imaginer les conditions que peuvent générer des vents furieux dans ce fort courant, à faire trembler les plus valeureux. Avec les Rolling Stones dans l'autoradio, et les cheveux dans le vent, c'est tellement plus, disons, plus *Paris-Match* que *Voiles&Voiliers* ! En chemin, ils s'arrêtent déjeuner à Simonstown, petite ville toute proprette, base navale de la Navy sud-africaine. C'est cocasse, une colonie de manchots s'est installée juste à côté, des manchots du Cap, trop mignons ces animaux, mi-poissons mi-oiseaux, et pas farouches avec ça, à peine dérangés par les promeneurs.

— C'est ça un manchot ? s'exclame Paul, qui, comme beaucoup, imaginait la bête un peu plus grande.

Ses références sont plutôt *Happy Feet* et *Madagascar* que *National Geographic* et *Géo*, en bon Nord-Américain qui se respecte ! Luna avait été briefée par son copain Romuald, celui-ci s'était payé un voyage sur le Marion Dufresne, ce navire scientifique qui étudie faune et flore en Antarctique. Elle se souvient d'une photo le montrant entouré de milliers de manchots. Quelle chance il a ce Romuald, il fait toujours des trucs de « ouf », le cap Horn en charter, des transats, la montagne, ah c'est sûr, il vit sa vie, mais bon, Luna aussi, elle gère. La côte est bordée de somptueuses villas, le style est varié, des maisons d'architecte, le luxe reste discret même si elles sont toutes bardées de fils barbelés, de caméras et de plaques identifiant la compagnie de surveillance, les maisons plus modestes aussi, d'ailleurs. On a de l'argent, mais pas tout le monde, alors il faut protéger ses biens, et sa famille. En effet, quelques kilomètres plus loin gît un des plus grands townships d'Afrique du Sud. Des cabanes en tôle à perte de vue, il y aurait plus de deux millions d'habitants sur cet immense terrain sableux, entre mer et autoroute. Certains sont reliés au réseau électrique, l'éclairage public étant assuré par de gigantesques poteaux couverts de projecteurs, façon stade de foot, d'autres n'ont pas cette chance. Luna n'ose imaginer dans quelles conditions vivent ces familles, et passe son chemin, soudain consciente de l'indécence du bolide qu'elle conduit et qui pourrait nourrir une famille durant des années…

De retour au Yacht Club, Georges le gardien glisse à l'oreille de Luna :

— J'ai un message de monsieur Mony-Emangene, il vous suggère jean et pull-over, sans vouloir vous commander.

Cela tombe bien, elle est lasse de toutes ces mondanités, l'avocate parisienne sait combien la vie peut être futile, tout en apparat, paraître avant d'être. Blue jean ajusté, polaire sur les épaules, *Crocs* à talons, style décontracté, selon les consignes de son serviteur, juste le T-shirt neuf acheté au Waterfront. Henry l'attend au bar dans la même décontraction vestimentaire, son regard est chaleureux et complice, comme s'ils étaient amants depuis des lustres. Ils roulent jusqu'à l'extrémité du port et sautent dans un hélicoptère qui les mène à Robben Island.

— C'est quoi cette île ? Le nom me dit vaguement quelque chose.

— Tu vas voir.

L'île abrite l'ancienne prison où Nelson Mandela a vécu les quelque vingt-sept années d'enfermement de sa vie. Henry leur a organisé une visite privée, c'est un moment de recueillement, quel grand homme, quelle force de pardon, et cette volonté de reconstruire son pays, de regarder vers l'avant. Henry propose un dîner « simple » sur la plage face à Capetown.

— Tu vas voir, avec la journée chaude que nous avons eue aujourd'hui, on aura certainement droit à un bel orage.

Le panier pique-nique est à la hauteur des revenus du bellâtre : foie gras, vin liquoreux, chocolats raffinés. Luna est encore sous le choc de sa visite du pénitencier ; sensible, elle est admirative envers cet homme qui a donné sa vie pour son peuple. Henry aussi est ému, l'appétit n'y est pas. C'est alors que rugit le premier coup de tonnerre précédé d'un éclair foudroyant, l'impact tombe sur la montagne de la Table. Pendant plus d'une heure, le spectacle est époustouflant, un son et lumière à la David Guetta. Que c'est féerique, et sans danger à cette distance, pas comme le dernier qu'elle a essuyé en pleine mer. Henry est marin aussi, il ne comprend que trop bien les sentiments mitigés de sa belle conquête, trop d'émotions dans la soirée.

L'hélicoptère les dépose sur le toit du loft, tant qu'à faire, et le reste de la nuit est d'un style, disons… plus ordinaire.

Au petit matin, Luna ouvre distraitement la nouvelle missive laissée par Henry en enfournant goulûment un croissant au beurre.

Luna,

Une journée à t'observer sur Ray Of Light.

Une soirée à t'écouter à Table Mountain.

Une nuit à te serrer contre mon corps.

Et enfin cette soirée à Robben Island.

C'en est trop ou pas assez, mon cœur est sensible et je sens qu'il fond comme de l'or sous le soleil africain.

Je ne suis pas sûr que tu sois prête, de ton côté, à transformer cette aventure en une relation plus sérieuse.

Moi, je n'accepterai pas de tomber amoureux sans espoir.

Alors je te laisse décider.

Si tu veux de moi, je saurai te rendre heureuse.

Sinon, je préfère en rester là.

Je te confie nos destinées.

Henry, ton dévoué

Ou tu m'aimes ou tu me quittes, il y va fort. Luna essuie une larme, touchée à vif, puis rédige un bref « adieu, merci », dépose les clefs de la 911 et commande un taxi, la mort dans l'âme. À aucun moment elle n'avait perçu l'attachement d'Henry et elle s'est laissé surprendre alors que son cœur à elle n'est pas libre. Elle ne voulait pas lui faire de mal. Paul aussi rumine ses humeurs ; pour lui, c'est le contraire, il est en train de s'enticher de son nouvel amant et a préféré rompre avant d'aller trop loin.

— Nous voici de retour à la case célibat, s'écrie Luna. Ce qu'il nous faut, c'est une virée en kite, et justement, on m'a parlé d'un spot tout près d'ici.

À portée de scooter, ils se retrouvent ainsi sur la plage de Table Bay, à faire des runs endiablés, des figures acrobatiques, et surtout à vider leurs cervelles encrassées de sentiments aussi complexes que variés.

De Chloé
À Luna
Le 30 janvier 2015
Objet : Gros bidon, petits soucis

Salut beauté, je vois que tu profites de ton corps et de celui des Africains qui croisent ton chemin, ça fait plaisir. Moi, c'est misère et décadence. Je suis épuisée à ne rien faire. Mon patron est tout le temps sur mon dos depuis que je lui ai annoncé ma grossesse, j'en ai ma claque, je n'attends plus qu'une chose : mon congé maternité le 1er juin. Mal de dos, seins gonflés, jambes comme des poteaux, dire qu'il y a des filles qui trouvent cet état formidable, le calvaire oui !

Je t'envie avec ta silhouette, tes fêtes et tes rencontres, moi je vis comme une vieille mémé. Heureusement, Yannick est aux petits soins, c'est un ange, il encaisse sans broncher mes sautes d'humeur, franchement, je ne suis pas fréquentable en ce moment. Je rêve de fumer et de boire, tu te rends compte, une mère indigne, déjà ! Je n'ai qu'une chose à te dire : profite d'être jeune et belle !

Je te laisse, mes nausées reprennent, quelle poisse.

Tchuss.

Ah oui, j'oubliais, tu vois, je n'ai même plus toute ma tête, alors, voilà, oui, j'ai croisé Lucas à Ikea, ça bouge dans ton ancienne boîte, si j'ai bien compris, ils vont te proposer un poste à ton retour. Il te salue et promet de prendre enfin le temps de répondre à tes mails. En tout cas, depuis qu'il t'a sortie des prisons caraïbes, je le trouve bien sympa, c'est rare non, un avocat si cool ?

Tchuss

Chloé, la grosse dondon !

Une semaine à faire du kite, traîner dans les pubs et faire les boutiques avec Paul, c'en est assez, Luna a des envies d'ailleurs. Paul prend son vol pour Vancouver, et cette fois, la séparation est douce, ils ont le sentiment d'avoir bien profité et qu'il est temps pour l'un et l'autre de prendre une autre route. Dernière randonnée pour grimper sur la montagne de la Table, à pied, c'est plus gratifiant qu'en téléphérique, un petit passage par le bureau du port, celui de la douane et de l'immigration, et cette fois, c'est le départ, en route vers le Brésil. Comme elle vient de l'expliquer longuement à son frère, non, ce n'est pas un changement de programme, oui, c'est normal, quand on quitte l'Afrique du Sud pour rejoindre l'Europe, c'est tout à fait normal de passer par le Brésil. Les vents et les courants rendent cette route classique, même si « classique » est un terme un peu ronflant au vu du peu de voiliers sur le parcours.

10

L'équipage du *Ray Of Light*, au complet, est venu saluer Luna et lui larguer les amarres. Au complet ? Pas tout à fait, Henry a préféré s'abstenir, la déchirure est à vif, Luna ne s'en offusque pas, les équipiers font semblant de s'en étonner, mais personne n'est dupe. Elle hisse la grand-voile à l'abri de la longue jetée, puis sort du grand port, des otaries l'accompagnent. Elle déroule le génois, puis c'est cap au nord-ouest.

— Je rentre au pays, se dit-elle, la boule au ventre, comme à chaque grande traversée.

De la mer, elle va en bouffer, mille sept cents milles jusqu'au rocher de Sainte-Hélène, deux mille de plus jusqu'à Salvador de Bahia, heureusement qu'elle a refait des provisions de lecture. Un Françoise Sagan, Amélie Nothomb, John Grisham, Alexandre Jardin, Daniel Pennac et même *Le deuxième sexe* de Simone de Beauvoir. Elle serait certainement fière, la Simone, de voir notre belle kiteuse gérer son tour du monde d'une main de maître. Une femme, un bateau, quel exemple ! Luna se demande si utiliser le joli marque-page Barbie offert par Lula est vraiment une bonne idée pour ce bouquin ! En découvrant l'essai de Simone de Beauvoir, Luna réalise combien le chemin a été difficile pour les femmes, et si elle, elle a la chance de n'avoir jamais ressenti le fait d'être une femme comme un handicap, d'autres se sont battues pour cette cause, et se battent encore, car la route vers l'égalité et la parité est encore longue. Comparer l'émancipation de la femme à celle des noirs, c'était culotté, mais tellement vrai. Si Luna se sent femme jusqu'au bout des ongles, qu'elle vient de repeindre en orange vif justement, elle ne se sent en aucun cas inférieure aux hommes, ni supérieure d'ailleurs.

Luna est une indomptable.

#NousNeSommesPasLeSexeFaible.

— On est complémentaire, se dit-elle en repensant, avec un sourire lubrique, aux chaudes nuits africaines qu'elle vient de vivre.

Elle se sent prête à tout, à déplacer des montagnes, sauf peut-être la montagne de la Table, celle-ci est bien à sa place, dominant Capetown en observant le Pogo orange qui s'élance vers le large, à la recherche des vents et courants qui le pousseront jusqu'à Sainte-Hélène. Bien que le vent soit raisonnable, la mer est assez agitée, et puis Raymond, le pilote, fait des acrobaties. Luna opte finalement pour la méthode manuelle et prend la barre, repoussant à l'aube le moment de régler le problème ; au moins, elle y verra plus clair. Ça chahute vraiment trop et, avec la fatigue, Luna est malade. On n'est pas loin des fameux trois F, faim, fatigue, frousse, les facteurs favorisant le mal de mer. La frousse, c'est exagéré, une petite trouille au ventre, oui, elle prend le large mais n'en mène pas large. Malgré son expérience, quarante mille kilomètres au compteur, elle ne peut s'empêcher de se remettre en question.

— Suis-je capable de faire ça, le bateau est-il prêt, est-ce que j'ai tout vérifié, est-ce que ça va le faire ?

À cinq heures, le soleil pointe son museau, c'est tôt, et c'est tant mieux, deux ou trois vomis techniques ont permis à la barreuse de se remettre d'aplomb, la lumière du jour est un soutien supplémentaire. Elle amarre la barre avec un tendeur élastique de vélo et plonge le nez dans la cale pour rapidement découvrir le câble sectionné qui empêchait le bon fonctionnement de Ray. Tout rentre dans l'ordre et l'électricienne matinale s'octroie une petite sieste réparatrice, petite car elle est sur une route commerciale, il y a du cargo à surveiller dans le quartier.

Elle est réveillée en sursaut par la minuterie, un modèle maison bricolé par Youn à partir d'un réveil mécanique ; quand il sonne, il sonne, à réveiller un mort ! Des albatros volent dans le sillage de *Baradoz*, majestueusement, ils battent très peu des ailes avec leurs trois mètres d'envergure. Quand une sterne ou autre goéland passe tout près, on prend conscience de l'immensité de cet oiseau, un géant des airs. Comme chaque fois que le moral est bas, Luna se prépare une ventrée de crêpes, pas simple par une mer chaotique, mais à force d'habitude et de persévérance, Luna est devenue une incontestable « crêpière des mers ».

Son autre exutoire, c'est la musique. Le casque vissé sur les oreilles, elle se fait un Fat Boy Slim, un Eminem, ça décoiffe plus encore que l'alizé, et pour retrouver la pêche, c'est d'une efficacité à toute épreuve. Tiens, un album qu'elle n'a jamais écouté, Garou, bof, ça ne l'enchante pas, puis pourquoi pas, au diable les aprioris. « De l'Afrique, il reste quelques soleils gris et sales, de l'Amérique, un drapeau qui perd sa guerre des étoiles, de la politique, des idées qui ne brillent que par l'argent, de la musique, quelques DJ pour trois milliards de gens, ce n'est pas l'adieu aux armes, c'est un monde qui disparaît… » Un monde qui disparaît, elle ne saurait en juger, mais à force d'en faire le tour, de ce monde, elle se sent plus que jamais terrienne, citoyenne du monde.

Ces pensées virevoltent au gré du vent, et elle se remémore *La vie est belle* qu'elle a visionné avec Paul à Capetown. Quel fabuleux acteur, ce Benigni ! Quelle histoire ! Cet homme qui fait croire à son fils que la vie au camp d'Auschwitz n'est qu'un jeu, pour les enfants, dont le gagnant remportera un char d'assaut, un vrai ! Luna laisse une larme couler, mais ce n'est rien à côté des flots déversés devant le film, ravitaillée en Kleenex par un Paul compréhensif, lui-même fort ému. Luna n'a jamais été « télé », question d'éducation d'une part, Youn et Anne trouvaient que c'était une perte de temps, et justement, du temps, elle en a manqué pendant ses longues études de droit. Le cinéma, en revanche, la passionnait, elle y passait deux à trois soirées par semaine, dans son autre vie, à la capitale ; maintenant, elle ne sait rien de ce qui sort en salle, quel retard à rattraper ! Comme ce temps lui paraît lointain, pourtant à peine plus de deux ans. À la fois, elle se sent devenir quelqu'un d'autre, plus mature, moins superficielle, et en même temps, il lui tarde de reprendre sa vie parisienne, c'est sa culture, son mode de vie, on ne se refait pas.

Pour l'instant, elle a des envies de montagne, de neige, de ski ou plutôt de snowboard.

— Dès que je rentre, je me réserve une semaine dans les Alpes.

Le blanc pour changer du bleu, serait-ce juste une question de couleur ? Des souvenirs lui remontent en flèche, comme ces séjours avec la bande de potes de la fac, Ski à Gogo, c'est ainsi qu'ils avaient appelé leur association. L'ambiance colonie de vacances leur permettait, chaque année, de décompresser de leurs carrières de jeunes avocats. Au chalet, tous les soirs, ils élisaient le « cariboulet » du jour, autrement dit celui qui avait fait la plus grosse bourde. Luna avait ainsi eu à porter le trophée, une casquette avec un museau et des bois de caribou en peluche, oh ! pour une broutille, elle était juste tombée du télésiège et restée accrochée par son sac à dos. Les Bronzés n'auraient pas fait mieux, « quand te reverrai-je, pays merveilleux ? ». Au fait, c'est quoi un pays merveilleux ? N'est-ce pas la question transcendantale qui a poussé Luna à entreprendre son étonnant voyage. Il semble qu'elle ait touché au but, un pays merveilleux ne serait-il pas simplement le pays où vivent les êtres aimés, ni plus ni moins. Il faudra quand même demander à Michel Blanc sa définition à lui.

Lors des grandes traversées, Luna, plus cartésienne que courageuse, aime à découper le parcours en plusieurs objectifs. Elle commence par diviser le trajet en quatre quarts, le premier étant toujours le plus long à supporter, quelles que soient les conditions de navigation. Donc, à chaque quart parcouru, elle se fait des petits plaisirs : une tablette de chocolat, un paquet de Chamallows, des Kit&Kat, des caramels Werthers, tout dépend de ce qu'elle a pu glaner durant les escales. Elle s'est aménagé un coffre au trésor, rempli de ces petits riens qui lui font tant de bien. Cette fois-ci, un must, le comble du luxe, un Ferrero géant, englouti en deux bouchées, quel délice !

Sur ce parcours, deux autres évènements notoires sont fêtés pareillement. Le premier est le passage du méridien de Greenwich, lorsque le 000°00 est devient 000°00 ouest, franchi en pleine nuit, il donne droit à un Coca. Super ! Le deuxième, et c'est le pompon de cette étape, *Baradoz* boucle son tour du monde. Non, bien sûr, la boucle n'est pas bouclée avant le retour en France, mais selon la définition officielle du *Guinness Book*, le tour du monde est validé lorsqu'on a couvert les 360° de longitude et franchi au moins une fois l'équateur. Pour l'équateur, c'est coché depuis les Galápagos, c'est donc en repassant la longitude de Camaret, au 004°21 Ouest, que la belle peut s'écrier :

— J'ai fait le tour du monde !

Pour l'occasion elle sort le grand jeu. Elle a cuisiné un far breton, la spécialité d'Anne, elle débouche du cidre et arrose copieusement son gâteau de beurre fondu.

La fête au village.

Tourdumondiste ou circumnavigatrice, à trente-deux ans, pas si mal !

Pas de quoi se vanter non plus, une gamine de seize ans a fait ça en neuf mois, il y a quelques années ! Ça ne casse pas trois pattes à un canard. Pour Luna, qui a dû affronter pas mal d'écueils ces dernières années, l'évènement est un symbole, la preuve qu'elle est quelqu'un, quelqu'un capable de faire de grandes choses, même si c'est une chose aussi folle qu'un tour du monde en solitaire sur une coque de noix de douze mètres et des poussières. Forcément, ses pensées vont à Youn et Anne, ses parents qui avaient tant rêvé ce voyage, jamais ils ne l'avaient perçu comme un défi ou un quelconque record, ils voulaient simplement découvrir d'autres modes de vie, et vivre leur passion. D'où ils sont, ils peuvent être fiers de leur fille, c'est déjà ça.

D'autres souvenirs remontent en surface, des souvenirs de vacances à la mer, des promenades dans les vieux quartiers de Nice, le musée océanographique de Monaco, puis la célèbre relève de la garde au palais princier, des bains à Villeneuve-Loubet, d'autres bains dans une piscine glacée d'un centre de vacances aux Ménuires par 2 000 mètres d'altitude. Des souvenirs marins aussi, lorsque Youn et Anne l'emmenaient faire le tour des îles bretonnes, Groix, Belle-Île, Houat et Hoëdic. Elle aimait aider son père à faire le point en utilisant le compas de relèvement, la règle Cras et la carte du Shom, elle adorait gonfler l'annexe, un vulgaire Sévilor de plage qui faisait amplement l'affaire. Ensuite, ils construisaient des châteaux de sable pendant qu'Anne lisait sur la plage, en exposant sa jolie peau pailletée de taches de rousseur.

— On dirait que tu as pris le soleil à travers une passoire, la charriait Youn.

Elle se remémore les soirées de mauvais temps, lorsqu'ils se réchauffaient d'un bon vieux grog au Café de la Paix à Camaret, tandis que Luna savourait le Banana Split qui la faisait ensuite saliver tout le reste de l'année. Et les week-ends d'hiver à écumer les musées parisiens, Anne en faisait une affaire de principe, une citoyenne française doit être cultivée et connaître l'art. Le musée d'Orsay avait sa préférence, elle continue à le fréquenter d'ailleurs, mais elle adorait surtout le parc de la Villette et le Palais de la Découverte où elle s'extasiait en observant les expériences d'électricité statique ou encore ce scientifique qui jouait avec de l'air liquide. Les jours de fête, ils terminaient sur un restaurant, grec, mexicain, libanais, ils variaient les plaisirs et même parfois un moules-frites chez Léon de Bruxelles. Quand elle a commencé son droit, elle s'est mise à fréquenter des amis étudiants, délaissant naturellement ses parents ; si elle avait su qu'ils avaient si peu de temps devant eux, que de regrets… On dit qu'on n'aime jamais assez ses parents, c'est crevant de vérité pour Luna. Quand ses revenus sont devenus plus confortables, elle se promettait de les inviter à dîner en haut de la tour Eiffel, au spectacle du Moulin Rouge, en week-end au Mont-Saint-Michel, et puis elle remettait toujours à plus tard, persuadée qu'elle avait tout le temps devant elle, persuadée… à tort. Son album de famille ne couvre que peu de pages, mais il ne s'agit là que de souvenirs heureux. Et puis, cette fois, aux Baléares, Luna avait fait des pieds et des mains, jouant à la petite fille unique, pourrie gâtée, ce qu'elle n'était pas au demeurant, donc elle avait insisté pour faire du parasailing, ce parachute tracté derrière une vedette à grosse motorisation. La frayeur, lorsque le câble avait cassé, surtout pour Anne qui observait la scène aux jumelles depuis la plage. Cela avait fini par un gros plouf dans la Méditerranée. Les moniteurs en étaient restés scotchés, alors qu'ils s'attendaient à une salve d'insultes, à juste titre d'ailleurs, quelle surprise donc, pour ces playboys bodybuildés et bronzés, tout droit sortis d'*Alerte à Malibu*, de retrouver une jeune fille hilare, surnageant, enroulée dans son parachute dégonflé. Elle y avait gagné un tour gratuit en zodiac volant. Trop marrant ce bateau gonflable, un petit youyou en fait, affublé d'une aile d'ULM, s'élançant dans les airs et survolant les mémères à toutou qui exposaient leurs gros popotins aux regards blasés des vendeurs de beignets. Sympa la virée et la sortie discothèque qui avait suivi, sympa surtout le grand brun ténébreux, un Hongrois aux longues mains sensuelles et douces… Honnêtement, des souvenirs de beaux mecs, elle en a à la pelle, mais finalement, rien de bien brillant, aucun n'a su l'intéresser au-delà de quelques semaines, pas un n'a su la faire rêver, excepté le beau Tony…

En ce 24 février, après quatorze jours et surtout quatorze nuits en mer, *Baradoz* est à quelques encablures de Sainte-Hélène. Luna n'a aucune idée de ce qui l'y attend, elle n'a pas daigné étudier les blogs et autres sites web ; de toute manière, ce rocher anglais est sur la route du Brésil, donc elle va s'y arrêter, quitte à repartir rapidement s'il n'y a pas d'intérêt particulier. Un vague souvenir de ses cours d'histoire lui évoque une île isolée et désolée où Napoléon a fini ses jours en exil. Le premier contact est fort aimable, une jeune fille, du moins elle l'imagine comme telle, lui parle depuis Saint Helena radio, elle est enthousiaste et accueillante, le ton est donné. Après deux semaines sans entendre une voix humaine, ça réchauffe les cœurs. Le voilier longe la côte, s'approche de Jamestown, la capitale, un bien grand mot, de l'île qui regroupe quelque trois mille habitants. D'ailleurs, l'un d'eux s'approche à bord d'une petite embarcation jaune, et indique à Luna la bonne place pour jeter l'ancre. L'eau est particulièrement limpide et atteint les 24°.

Le décor est grandiose, de hautes falaises pelées, il paraît que les chèvres ont dévoré la végétation, et des couloirs de verdure dans les vallées. Les autorités embarquent pour les papiers, puis c'est Luna qui descend à terre. Elle traverse les remparts de la ville fortifiée et s'installe en terrasse au Anne's Place, un joli snack de marins, le toit de tôle y est bardé de pavillons du monde entier, laissés par les navires de passage. Elle se promène dans la petite ville, les indigènes sont typés, des origines africaines, indiennes et européennes se mélangent, certains ont même un type polynésien qui rappelle amèrement à Luna les habitants des Marquises. Le paysage aussi est marquisien, de hauts pics verts, une beauté abrupte et sauvage. Chaque personne croisée fait un petit signe amical, ils se connaissent tous et repèrent alors facilement les visiteurs. Ils klaxonnent aimablement, c'est vraiment une ambiance agréable, Luna est aussitôt séduite.

Après quelques jours de repos, de rangement, de bricolage sur *Baradoz*, à visionner des films, à bouquiner, Luna se requinque de sa traversée. Ensuite, elle s'attaque à l'ascension de Jacob's Ladder : cet escalier de sept cents marches et trois cents mètres de long, sans un seul palier, est l'un des plus durs au monde, il paraît. Elle se chronomètre et s'en sort en onze minutes, contre un record de cinq minutes trente, mais qu'est-ce qu'elle en a bavé. La vue de là-haut récompense l'effort : à gauche, les embarcations de pêche et *Baradoz*, oscillent sur une légère houle ; à droite, la ville nichée dans la vallée étroite et tortueuse.

Elle croise un guide qui lui propose de se joindre à un groupe, pour un tour de l'île en van, la tournée Napoléon.

— Pourquoi pas, se dit Luna, un peu de culture dans ce monde de brutes.

De Luna
À Chloé, À Jill
Le 28 février 2015
Objet : Napoléon

Bisous de Sainte-Hélène, tout au milieu de l'Atlantique Sud. Je vais bien. J'ai passé la journée avec des Anglais incultes et un guide formidable, on a suivi les pas de Napoléon, deux cents ans après. Le pauvre mec, condamné à l'exil, ce n'est pas de bol !

J'ai vu la maison, une seule pièce, en fait, où il a passé trois mois, en attendant la rénovation sommaire de la ferme qui lui était destinée, un bouge humide, Longwood House.

Eh bien mon vieux, ça n'a pas été rose tous les jours pour notre empereur, surtout qu'il était dans le collimateur du gouverneur Lowe. Il est vrai que ce dernier ne lui avait pas réservé un des meilleurs accueils, logé à la dure et tout ça, mais lui dire, de but en blanc, « comment aurais-je pu vous connaître, je ne vous ai jamais vu sur les champs de bataille », ça n'a pas arrangé la sauce. L'officier britannique n'a eu de cesse de pourrir la vie de Napoléon, éloigner ses amis, réduire ses rations de vin…

Sainte-Hélène, franchement, j'adore, mais j'y suis arrivée en femme libre, au XXIe siècle, je ne pense pas que j'aurais pu apprécier en y étant prisonnière en 1815 ! D'ailleurs, il n'y a pas fait long feu le coco, il s'ennuyait, passait son temps à jardiner et à dicter ses mémoires, façonnant ainsi sa légende. C'est drôle, il a creusé un trou au canif dans ses persiennes pour y glisser sa longue-vue et surveiller les allées et venues de ses gardes.

En 1821, il est mort et enterré devant trois mille soldats anglais. La grosse vexe pour lui qui voulait des funérailles avec les honneurs, en France. Il est resté dix-neuf ans dans cette jolie tombe entourée de verdure et gardée H24.

Vous voyez, je m'instruis et en plus je suis sympa, je vous en fais profiter. Ici, c'est vraiment bien, et comme il n'y a pas d'aéroport, c'est calme. Le RMS St Helena ravitaille l'île toutes les trois semaines, il embarque aussi des passagers vers l'Afrique du Sud. D'ici un an, l'aéroport en construction sera terminé et tout va changer. Ce qui est drôle, c'est que les Portugais ont réussi à garder le secret de cette île pendant trente ans, les Anglais l'ont finalement trouvée après avoir chipé des cartes sur un navire portugais, aux Caraïbes. Et puis, ils ont eu un Robinson eux aussi, il y a vécu trente années, il se cachait là après avoir déserté de l'armée, il avait même son Vendredi, un Japonais, ancien esclave.

Que vous dire d'autre ? Ce soir, je sors en boîte, Eh oui, il y a une petite discothèque sur le quai, c'est le gars du ferry-boat, qui débarque les plaisanciers et les pêcheurs, qui m'a invitée. Promis, pas de drague, mais je vais quand même me défouler, ça va swinguer sur le dancefloor, moi je vous dis. Je peux bien profiter, j'ai encore plus de deux semaines de mer qui m'attendent jusqu'au Brésil.

Prenez soin des bébés.

Tchuss

Luna

La semaine passe vite, un tour à la bibliothèque, *Astérix* en anglais, ça le fait, un tour au musée avec remise du certificat pour l'escalier – l'escalier de la mort oui ! – des promenades par monts et par vaux, facile, le stop fonctionne bien, de longues discussions avec les anciens qui aiment flâner sur les bancs bordant la rue principale, le temps passe et il passe bien. Luna se sent adoptée par cette population chaleureuse. Elle vient de rencontrer le consul de France. Celui-ci sort de la même université que Luna, ça crée des liens, même s'ils ne se connaissaient pas. Il l'invite à déjeuner dans sa grande résidence quasiment neuve et surtout bien plus jolie que celle du gouverneur anglais ! Elle a de l'argent, la France, quand elle veut ! Trop content de trouver une compatriote, jeune et jolie de surcroît, ça lui change des retraités passionnés de Napoléon qu'il rencontre habituellement ; trop content donc, le consul sort le grand jeu, vaisselle de porcelaine, argenterie, ce n'est plus la dînette en plastique de *Baradoz*. Le diplomate se plaît bien, sur son caillou isolé, mais il sort d'un épisode pénible. Deux mois à peine après sa prise de fonction, sa mère est morte en France, le RMS St Helena venait de partir, si bien qu'il a dû attendre le suivant, et quand enfin il est arrivé en métropole, la mother était enterrée depuis belle lurette. Il a trouvé ça très dur, dur aussi de ne pas avoir pu soutenir son père, veuf à soixante ans. Le consul fait partie des adeptes du prochain aéroport, mais ce n'est pas l'avis général de la population. Beaucoup d'autochtones ont confié à Luna combien ils aiment la tranquillité que leur confère l'insularité et comme ils craignent les changements que ce nouveau développement va forcément apporter.

Ravie d'avoir passé une bonne soirée à la française, Luna rentre à bord et se prépare pour la longue traversée vers le Brésil. Plus de mille neuf cents milles à couvrir, en théorie, c'est encore un bout de chemin. Sympa ce consul, il lui a offert un paquet de bouquins dont quelques-uns sur Napoléon, il n'est jamais trop tard pour s'instruire.

11

Le 3 mars, Luna quitte ce havre de paix, certaine que même si un jour, elle revient, l'ambiance y sera différente, mais consciente aussi que chacun a le droit à sa part de confort, de sécurité et donc de développement. Dire qu'ils n'ont pas le téléphone portable, quelle chance ! Luna sait bien que le GSM est parfois un outil pour être efficace, pour gagner du temps, mais c'est aussi un boulet à traîner, une chaîne au pied ! Et puis, combien de fois les gens préfèrent interrompre une conversation en face à face pour décrocher leur smartphone ? C'est toujours lui qui gagne en fin de compte. Quelle liberté, la vie sans portable, Luna savoure cette indépendance. Le plus drôle, c'est le gars du ferryboat, qui cherchait à la joindre, sachant qu'elle devait être dans la rue principale, il a fait sonner toutes les cabines téléphoniques, l'une après l'autre. Luna avait entendu sonner, mais n'imaginant pas qu'elle était la destinataire des coups de fil, elle n'avait pas eu idée de décrocher.

Pour l'instant, elle est à la manœuvre, c'est reparti, cap à l'ouest, vent dans le dos, nickel chrome. Elle se plonge dans son nouveau livre, de la science-fiction, ce n'est pas trop sa tasse de thé, mais le consul lui a assuré que ce Bernard Werber lui plairait. Et en effet, *Papillon des étoiles*, cette histoire de voilier solaire construit pour transporter quinze mille humains sur une planète lointaine et ainsi sauver l'humanité, est passionnante. Une arche de Noé du futur ! Ce qui a d'abord interpellé la belle navigatrice, c'est que le héros, en menant à bien ce projet fou, a repris le rêve de son père ; elle s'est identifiée à lui du coup, même si dans le roman, le héros craint de ne vivre qu'une pâle continuité de l'existence de son géniteur, qui de surcroît s'est suicidé par amour. Il y a aussi cette femme, championne de voile devenue paraplégique, alcoolique et dépressive, et qui finalement remonte la pente et brûle son fauteuil roulant. Même si le sujet évoque un voilier, c'est le dépaysement total, changement d'ambiance assuré à chaque page. La mer, les poissons, les oiseaux, le bateau, c'est son quotidien, un peu d'imaginaire pour en sortir, c'est nécessaire. Luna reprend ses habitudes de traversée, ce n'est pas la foule des grands soirs, personne à l'horizon, personne aux instruments, il n'y a pas de route commerciale dans le quartier, et finalement, c'est mieux ainsi, même pas besoin de se dérouter pour éviter la collision avec un pétrolier. Plus tard, à l'approche du Brésil, la circulation s'intensifie un peu, un cargo toutes les cinq heures, pas plus, ce n'est pas non plus le périphérique aux heures de pointe, n'exagérons rien.

Après quinze jours en mer, Luna aperçoit les grands immeubles de Salvador de Bahia, des tours de verre et de béton à perte de vue. Ils sont trois millions à vivre ici ; dire que dans un seul de ces buildings, on loge la population de Sainte-Hélène tout entière, ça change d'atmosphère. *Baradoz* accoste à la marina du centre nautique, en plein centre-ville. Les connaissances de Luna en portugais sont nulles, elle utilise maladroitement des bribes d'espagnol qu'elle a retenues de son aventure avec José et Maria, aux Canaries. Les Bahianais sont chaleureux, un mélange de Latino-Américains et d'Africains, la musique de partout. Physiquement, ils sont très africains, les femmes sont magnifiques, elles se maquillent et s'habillent avec goût, même si, bien sûr, la pauvreté impose ses limites à la coquetterie.

Luna se rend à l'Alliance française. Nickie, une copine d'enfance de Chloé, y travaille, et l'aventurière a promis de lui rendre visite.

— Ah, tu tombes mal !

— Désolée, je viens juste d'arriver à Salvador, le temps de faire la tournée des Grands Ducs, immigration, douane et Marine même, et me voici, mais je peux repasser.

— Non, ce n'est pas ça, mais là, j'ai mon cours de samba, et à quelques jours du carnaval, impossible d'y échapper, mais je ne veux pas te laisser en plan. Écoute, viens avec moi regarder les danses, et ensuite, je t'emmène dîner au kilo !

Luna suit donc Nickie dans les ruelles étroites du Pelhourinho, le vieux quartier de Salvador, qui doit son nom au pilori auquel on accrochait les esclaves pour les battre, charmant ! Elles s'engouffrent par une porte cochère, traversent une cour jonchée de détritus qui les mène à un entrepôt désaffecté et réaffecté en salle de danse de la troupe Odlum. La samba, c'est le sport national, après le football bien sûr, et plus encore en période de carnaval. Luna pensait stupidement que le carnaval, c'était à Rio, point barre ; elle découvre avec stupeur que, la semaine suivante, démarre le fameux carnaval de Salvador de Bahia, le plus gros phénomène de rue du monde, deux millions de personnes dans les rues ! Raul, le professeur de danse, on prononce Raoul, lui propose aussitôt de se joindre à eux, pour un bout d'essai. Luna est bonne danseuse et pas timide pour un sou, elle s'y essaye volontiers et avec d'autant plus de plaisir qu'il s'agit plus d'un sport que d'une danse de salon : c'est physique, elle termine en nage, comme d'ailleurs les quarante filles et garçons de la troupe. Le prof est agréablement surpris de sa prestation, elle a gagné sa place, du moins jusqu'aux festivités. Luna est enchantée de cette offre et va ainsi passer toutes ses soirées aux entraînements d'Odlum, remerciant, in petto, Chloé de lui avoir fait rencontrer Nickie, et Nickie de l'avoir amenée à la Samba. Cette danse d'origine africaine fait bouger tout le corps en transe avec la musique rythmée, que du bonheur !

En parallèle, Luna découvre Salvador, l'Elévador qui monte du port aux vieux quartiers, les musées afro-brésiliens, les superbes sculptures sur panneau de bois de Carybé, l'artiste argentin, le musée en l'honneur de l'écrivain Jorge Amado, et les ruelles étroites reliant les églises et les places ombragées. Pour pénétrer l'âme de Bahia, elle s'est lancée dans les romans de Jorge Amado, dont *Capitaine des sables* la plonge dans l'univers rocambolesque des orphelins des rues bahianaises, dans les années 1950. Le reste de la ville n'est qu'un énorme foutoir, des tours de verre et de béton et des favelas se côtoient autour d'un centre commercial comme, même à Paris, on n'en trouve pas : gigantesque, luxueux, décalé surtout ! Décalé quand on voit ces enfants en guenilles dormir dans la rue, décalé quand la ville n'a pas d'eau potable ni de tout-à-l'égout, décalé quand la plupart des Brésiliens ne mangent pas à leur faim !

Luna, en flânant, sent la ville s'échauffer en vue du grand évènement de l'année. Des musiciens envahissent les rues à l'occasion de répétitions, les commerces se barricadent, les musées ferment, les blocos, ces camions couverts d'enceintes méga-puissantes, se parquent au hasard des rues, le ton monte, et le niveau sonore aussi. Les nuits sont animées et, du centro nautico, *Baradoz* baigne dans les décibels. Nickie et Raul ont longuement expliqué combien l'esprit du carnaval reste entier à Bahia où toute la ville danse et défile, à la différence de Rio où cela est devenu une affaire de professionnels, avec des chars plus beaux, des costumes plus luxueux et une ambiance, forcément, moins populaire, mais plus touristique, il en faut pour tous les goûts. Pour les Bahianais, seul leur carnaval a su conserver l'essence suprême !

Nickie consacre une grande partie de son temps à Luna, du moins quand son travail à l'Alliance française le permet. Elle y donne des leçons de français depuis cinq ans déjà. Nickie s'est installée à Salvador après y avoir rencontré Felipe, à l'occasion d'un voyage touristique. Coup de foudre. Deux ou trois allers-retours sur Paris plus tard, elle se mariait au Brésil où sa fille Stella est née rapidement. Hélas, Stella est atteinte de la Trisomie 21 et le couple n'a pas résisté au choc. Divorcée, Nickie a fait le choix de rester vivre au Brésil où elle avait son travail, ses amis et, malgré tout, le père de sa fille adorée. Très vite, elle a déchanté ; le Brésil n'est pas la France, pour le côté social, le fossé est énorme. Elle a aussi pris conscience de l'étendue des préjugés et discriminations diverses qui pèsent sur les personnes souffrant de handicap, mental ou physique, d'ailleurs. Nickie aurait voulu s'engager en politique pour faire bouger les choses, mais n'ayant pu obtenir la nationalité brésilienne, cela lui était impossible. Elle a alors choisi de combattre via le réseau associatif et y consacre le temps que lui laissent son job et sa fille. La jeune femme est une battante, alors Luna s'est lancée à ses côtés dans son combat, elle distribue des fiches d'informations, fait signer des pétitions, vend des T-shirts, elle n'arrête pas et y prend du plaisir, c'est pour une bonne cause. Nickie est d'ailleurs enchantée de cette aide inespérée, elle s'étonne de l'énergie que déploie Luna.

— Tu sais, ça fait deux ans que je suis en vacances, alors je peux bien bosser un peu !

— C'est vrai, mais tu vas bientôt repartir et tu n'auras rien vu du Brésil !

— Pour moi, vivre auprès de tes amis du club de samba, et aussi ceux de l'association Trisomie 21, c'est ça, connaître le Brésil, tant pis pour le bronzage en string sur les plages, je n'aurai pas dragué un footballeur tatoué sous son maillot jaune aux cinq étoiles, et alors !

— Allez viens, j'ai une surprise pour toi, allons à l'entrepôt !

Elles arrivent à Odlum toutes excitées. D'ailleurs, c'est la frénésie générale. Le club vient de recevoir les costumes pour le défilé et c'est l'heure de l'essayage. Luna a parfaitement assimilé toutes les chorégraphies pour le carnaval, elle fait donc totalement partie de la troupe. Un costume a été préparé pour elle, et nom d'un chien, elle en est baba, il est magnifique ! Elle hallucine de se voir ainsi parée dans le grand miroir de la salle de danse. Les bas résilles lui galbent les cuisses, le corset pailleté d'or lui ceint une taille de guêpe, les plumes bleues font ressortir ses yeux clairs, il n'y a pas à tortiller, elle est sexy à se faire damner. Les autres filles sont superbes aussi, les garçons sont, quant à eux, un peu moins dénudés, mais leurs corps musclés et athlétiques sont pleinement mis en valeur, ça va donner, ce carnaval ! La répétition en tenue est un plaisir pour les yeux, et pour les oreilles.

Luna est sur son nuage, cette frivolité la réconforte après l'après-midi passé à garder la petite Stella, trois ans et déjà gravement atteinte par la maladie. Nickie avait rendez-vous avec un ancien footballeur devenu député et qui combat les mêmes causes qu'elle. Le contact est bien passé, il semble qu'il va essayer de leur obtenir des subventions, même si Nickie n'est pas trop en confiance.

— Les politiques, ici, sont soit véreux, soit fainéants, lui explique-t-elle, mais bon c'est aussi par eux que viendra le changement des mentalités.

Luna, Nickie et Stella s'offrent un restaurant, la Cantina del Rey. C'est amusant, on remplit son assiette et on paye au poids. L'ambiance est festive, déjà la musique est forte dans les rues.

— C'est un peu ça toute l'année, précise Nickie. Allez les filles, il faut se coucher tôt, demain c'est le grand jour, le carnaval commence et ça va durer quatre jours.

Stella va passer la semaine chez sa grand-mère à Itaparica, une île en face de Salvador, dans la baie des Saints. Felipe, le père de Stella, est de la fête, pour sûr, il est musicien ! Luna est désolée devant ce mariage détruit à la suite du problème de santé de Stella, ces deux-là étaient pourtant faits l'un pour l'autre, et Luna sent bien qu'ils s'aiment encore. Mais Felipe ne peut accepter sa fille avec son handicap.

— Il est brésilien, explique Nickie, il réagit presque normalement ici, heureusement que sa mère n'est pas comme ça, elle est d'ailleurs une des rares grand-mères de l'association.

Veuve et retraitée de la poste, elle a pris la maladie de sa petite-fille à bras le corps, et lutte avec férocité pour améliorer son quotidien, Nickie ne tiendrait pas sans elle. Elle a même délaissé son île paisible pour louer un appartement en face de celui de Nickie, elle aide ainsi sa belle-fille et soutient sa petite-fille, ou l'inverse. Quelque part, elle cherche à compenser la désertion de son fils qu'elle sait le plus malheureux de tous dans cette histoire. Luna, qui a bien perçu le malaise, s'est chargée d'une mission secrète. Elle veut recoller les morceaux, ressouder ce couple à la dérive, et avec le soutien de la grand-mère, elle s'arrange pour rencontrer Felipe. Puis elle rapporte à Nickie les conversations qu'elle a eues avec son ex-époux et ne tarit pas d'éloges à son égard. Déjà, elle a réussi à traîner Nickie à une soirée-concert donnée par le groupe de Felipe, soi-disant par hasard, elle a aussi convaincu le manager du groupe d'organiser une autre soirée, au bénéfice de l'association T21, ce qui a touché à vif la jeune mère, encore amoureuse de son ex-mari. C'est un travail de longue haleine, mais Luna s'y emploie avec forte conviction, ne laissant rien au hasard, une véritable entremetteuse.

« Boum, boum, boum, boum. »

La musique se déverse dans les rues de Bahia. Juchés sur des camions, des groupes de musiciens et des trio-électricos diffusent une musique assourdissante et rythmée. Derrière, une marée humaine, et même un tsunami de danseurs, de spectateurs, enivrés de fêtes et de sonorités entêtantes, se répand sur la ville. Le spectacle est haut en couleur, les tenues extravagantes des musiciens et des danseurs feraient pâlir de jalousie John Galliano. Les différentes troupes sont en concurrence, c'est à qui jouera le plus fort, le plus longtemps, à qui regroupera le plus de fans autour de son camion ! L'après-midi, l'ambiance est familiale, les enfants courent le long des chars, jettent des rubans de papier. Luna est dans ses petits souliers, et justement perchée sur ses talons compensés de scène, elle n'en mène pas large. Nickie, à côté, en est à son troisième carnaval, mais elle est tout aussi stressée. Ça y est, c'est leur tour de s'élancer, musique aidant, les cris des participants dérident l'atmosphère, les deux Frenchies se laissent porter par l'ambiance de folie et entament les chorégraphies avec bonheur. Danser, danser, danser, tout l'après-midi et une bonne partie de la nuit, jusqu'à l'épuisement des corps. Luna ne sent plus ses pieds qui, eux, ne rêvent que de retrouver le confort d'une bonne vieille paire de Crocs ou, au minimum, de Havainas ! Tout à ses manigances, Luna a bien géré son affaire. Elle a invité le groupe de Felipe pour un café-croissant matinal à bord de *Baradoz*. Nickie, mise devant le fait accompli, n'a pu que suivre. La fatigue de la nuit et la communion du carnaval dérident les tensions qui perdurent entre les anciens amants, Luna les surprend même à rire en se faisant des confidences en aparté. Le jour se lève, les invités se retirent, tout le monde a besoin de sommeil, on remet ça dans quelques heures !

Pendant quatre jours et quatre nuits, le programme va être sensiblement identique. Danse et fête, un peu d'alcool, très peu finalement, mais l'état de transe qui ne quitte plus Nickie et Luna vient plus de la musique et de la foule que des quelques Caipirinhas et autres bières Skoll qu'elles s'enfilent de temps à autre. Luna se débrouille pour retrouver, au petit matin, Felipe et ses acolytes, dans des cantines ou devant des roulottes, histoire d'un petit-déjeuner copieux avant de rejoindre les bras de Morphée. Nickie et Felipe se rapprochent, il a mûri ces derniers temps ; progressivement, il s'est mis à observer sa fille Stella, lorsque sa mère s'en occupe, il en est venu aussi à l'aimer, tout simplement. Son rejet initial est à la base du conflit entre les jeunes parents, Nickie n'a pas toléré ce comportement, et Felipe lui reprochait de ne pas le comprendre. À force de discussions, ils en viennent à reprendre leur relation, Nickie reste sur ses gardes, mais elle l'aime, son Felipe, elle l'a toujours aimé et elle est prête à pardonner, en voyant tous les efforts qu'il consent aujourd'hui. Felipe le reconnaît lui-même, il n'a pas eu à faire d'effort, la petite Stella a su le séduire, elle est pleine de vie, pleine d'amour. À la côtoyer, Felipe est tombé sous le charme, son objectif est maintenant de reconquérir la maman. La fête, la danse sont propices à la séduction, les corps se rapprochent, ils fusionnent parfois, Felipe sait qu'il ne peut plus faire d'erreur pour regagner son amour. Blessée, Nickie a trop souffert de son départ, à la naissance de Stella, elle reste vulnérable et méfiante, et ce n'est qu'au contact d'une Luna si spontanée qu'elle s'est laissée aller à tomber ses défenses et à lâcher la garde. Luna observe le manège du couple, heureuse du dénouement de cette histoire, n'est-ce pas elle qui manigance ces rencontres inopinées, elle qui donne des coups de pouce au hasard, oui, mais jouer les Cupidons de service ne fait que lui renvoyer en pleine face sa propre solitude et son célibat à rallonge.

— Ah, si je pouvais, moi aussi, reprendre ma vie avec Tony… Quoi ? Il n'est pas interdit de rêver, ça arrive, dans les films américains !

Luna est seule, et pourtant, ce ne sont pas les occasions qui manquent. Les prétendants se bousculent au portillon. Il faut dire que dans son costume de danseuse du Moulin Rouge, personne ne peut lui rester indifférent. Ses seins, son galbe, ses jambes, ses yeux, tous ces atouts sont mis en valeur, une telle plastique pourrait effrayer un Européen, mais pas un Brésilien qui voue un culte à la beauté des corps, des corps voluptueux, musclés, bronzés, sensuels… Alors musiciens, danseurs, tous essayent de séduire la petite Française aux yeux clairs, et tous se font gentiment, et proprement, éconduire. Luna est décidée à se consacrer à Nickie et à ses problèmes durant cette escale, pas le temps de batifoler, les parties de jambes en l'air, on verra plus tard, et de toute façon, après la frénésie des danses, la motivation n'y est plus. Après quatre jours de folie, son corps ne demande qu'un matelas moelleux dans une couchette de *Baradoz* et surtout pas des galipettes sur une banquette de camion sono !

Pour fêter la fin du carnaval et les très belles prestations de la compagnie Odlum, une « party » est organisée dans l'entrepôt. La femme de Raul, le professeur de danse, a réalisé un montage vidéo édifiant, surtout pour Luna, qui est scotchée de découvrir le spectacle qu'ils ont donné ; dans l'ambiance, elle ne s'en était pas rendu compte. Vraiment, ils étaient bons.

— Je t'en ferai une copie pour tes petits-enfants, lui dit-elle en riant.

— Ça, ça ne risque pas, se dit Luna sans amertume aucune.

Par contre, il est vrai qu'elle aurait plaisir à montrer le film à son frère Jill et à sa copine Chloé, c'est clair, ils vont halluciner.

Il y a aussi une exposition de photos, plus belles les unes que les autres, Luna en achète une, la mettant en scène avec Nickie, quel souvenir fabuleux ! Dommage, il n'y a pas la musique.

— Oh mais tant mieux, se dit Luna, les oreilles cassées avec ces décibels à gogo.

Les danseurs ne touchent pas de rémunération, mais la mairie de Bahia alloue ses subventions aux clubs de danse à la hauteur des prestations du carnaval, c'est donc très important. Cette année, la maire a décidé d'offrir en plus, à chaque musicien et danseur, un billet pour le prochain match de football, Salvador contre Belém, ça va donner. Luna aime le foot, mais à petite dose ; en France, elle suivait les matchs internationaux, elle n'a jamais réussi à se passionner pour le PSG, le mondial 2014, au Brésil justement, elle ne l'a suivi que de loin, c'est le cas de le dire, elle était dans le Pacifique, et n'avait pas réussi à voir un seul match, pas très motivée non plus. En revanche, au pays du ballon rond, c'est autre chose ; ici, le moindre match est un évènement, et pour rien au monde Luna ne manquerait ça, quitte à repousser son départ de Salvador.

Quelques jours plus tard, toute la joyeuse troupe se retrouve donc à l'entrée du stade, beau stade refait pour le mondial, quatre-vingt mille places, belle bête. Le look des protagonistes a changé, les paillettes en or se sont métamorphosées en peinture blanche, la couleur de l'équipe bahianaise, la plupart des amis en portent d'ailleurs le maillot. Ils sont tous de fervents supporters, pas question de rester inactif sur sa chaise, on fait la ola, on crie, on siffle les arbitres, et avant le coup d'envoi, on entonne fièrement la chanson des Bahianais !

— Dis-moi, Raul, c'est comme ça tous les matchs ? demande Luna, estomaquée devant cette ambiance.

— Non, c'est un peu différent, là, tu vois, c'était plutôt mou, les gens sont fatigués après le carnaval.

— Eh bien, j'imagine mal, c'est le mondial toute l'année, si je comprends bien.

— Ici, c'est la planète foot. Au Brésil, le footballeur est un dieu, on ne vit que pour ça, et un peu pour la danse aussi !

— Ouais, ben c'est toujours mieux que de s'entretuer pour une histoire de religion. J'adore votre pays, j'adore les Brésiliens, vous avez une telle passion pour tout ce que vous faites, c'est magique et envoûtant !

— C'est vrai que ce pays est vivant, et encore, tu n'en as vu qu'une petite partie.

— Eh oui, j'aurais tant voulu découvrir l'Amazonie et les peuples amérindiens qui y vivent, mais bon, on ne peut pas tout faire, je suis déjà tellement contente de mes rencontres à Bahia.

— Tu sais, au Brésil, tous les rêves sont accessibles, rejoins-moi demain soir à la Cantina del Rey, au Pelhourinho, et on en reparle.

Luna passe la journée à l'Alliance française. Nickie a obtenu tout un tas de rendez-vous avec des politiques, à la suite de la rencontre avec le footballeur-député, et elle doit passer la semaine à Brasilia. Elle devrait aussi rendre visite à des industriels à Sao Paulo, elle cherche des fonds pour créer un centre d'accueil pour enfants trisomiques. Felipe, aidé par sa mère, garde Stella, quel progrès, et Luna s'est proposée pour remplacer Nickie à l'Alliance française, cette nouvelle absence aurait été le coup de grâce, elle risquait de perdre son boulot. Luna donne donc des cours de français, ses élèves sont tous très différents, comme ces enfants dont le père va partir travailler en France pour une compagnie de télécommunications, ils devront intégrer une école française, même la mère prend des leçons, elle s'intéresse d'ailleurs surtout aux traductions de sac à main, robe, parfum et rouge à lèvres. Elle est dans le groupe des mamies, comme l'appelle Nickie, une dizaine de retraitées qui préparent des vacances en France et veulent connaître, un minimum, la langue de Molière avant d'écumer les musées parisiens et les boutiques de luxe. Cette première journée est éreintante.

— Si c'est comme ça tous les jours, je ne tiendrai jamais jusqu'à la fin de la semaine, se dit-elle. L'enseignement, c'est prenant, ils m'ont vidée de toute ma moelle.

À peine le temps d'enfiler une tenue plus décontractée et Luna monte dans l'Elévador pour retrouver Raul à la Cantina del Rey, le célèbre restaurant au kilo du Pelhourinho. Arrivée la première, elle s'installe en terrasse et commande une Caipirinha bien glacée.

— Voici Leonardo, mon frère, présente Raul en entrant dans le restaurant.

— Enchantée.

— Désolé, mais je ne vais pas pouvoir rester, Leonardo va t'expliquer, on se voit à Odlum demain soir. Tchao.

Leonardo prend un siège face à Luna et commande une bière. Après un instant d'observation qui semble durer des heures à la belle navigatrice, il commence.

— Raul m'a dit que tu serais intéressée par un séjour en Amazonie, déclare Leonardo, de but en blanc.

— Oui, en effet, cela fait partie de mes rêves secrets, mais que proposez-vous ?

— Voilà, je suis médecin, je travaille à l'hôpital de Bahia, mais je fais aussi des missions humanitaires, notre association est spécialisée dans les soins aux personnes isolées et, notamment, en Amazonie. Avec mon équipe, nous assurons deux missions par an, visite systématique des enfants, vaccinations, soins, la routine. Cela fait cinq ans qu'on tourne avec cette équipe, oh une petite équipe, un infirmier et un assistant qui gère la logistique du voyage. Le hic, c'est que ce dernier vient de me lâcher, fracture du tibia, encore le foot, bref, il me met dans la panade et je dois le remplacer au pied levé. C'est Raul qui m'a parlé de toi, je me permets de te tutoyer, il m'a dit que tu es sportive, aventurière, que tu n'as pas froid aux yeux. Alors, qu'en penses-tu ?

— Je signe, on part quand ?

— Laisse-moi au moins te parler des conditions, s'exclame Leonardo, surpris de l'enthousiasme si spontané de son interlocutrice.

— Oui, c'est quoi ? Tu n'as pas un radis et c'est plein de risques, je signe quand même.

— C’est ça, en gros, tu es bénévole, l’asso finance les transports, toute la logistique ; pour le reste, on se débrouille. Pour les risques, tu ne crains rien, tu es avec un bon médecin, formé par les Hôpitaux de Paris ! Pourquoi crois-tu que je parle si bien le français !

— OK, c’est top.

— Bon, pour le voyage, c’est un peu galère : avion, bus, hydravion, bateau, pirogue, disons trois jours l’aller, quinze jours sur place et trois jours retour.

— Ça me va.

— Là-bas, c’est la vie à l’ancienne, pas d’électricité, pas d’eau courante, pas de confort.

— C’est bon, j’ai l’habitude, je peux vivre sans sèche-cheveux, ne t’inquiète pas.

— Eh bien, c’est parfait, on part vendredi, rendez-vous à l’aéroport, vol de 12 h 15 pour Manaus.

Luna est aux anges, Nickie rentrant jeudi, elle est donc libre dès vendredi, c’est une occasion en or et ça se goupille bien. Leonardo est ravi, les premiers contacts lui ont révélé le caractère enjoué, dynamique et optimiste de la belle navigatrice, confirmant les dires de son frère. Il lui a confié quelques préparatifs de dernière minute, à accomplir avant le départ ; pour les détails, ils auront tout le temps d’en discuter durant le trajet.

Luna sort du restaurant toute chamboulée, quelle chance, quelle opportunité, oui, bon, attendons de voir, mais ce sera forcément une expérience singulière. La semaine passe très vite entre les préparatifs et les cours de français, elle trouve encore l’énergie de rejoindre la troupe d’Odlum, elle aurait bien zappé, mais faire faux bond à Raul, non, et elle veut même en profiter pour le remercier de vive voix. Et puis, un peu de sport pour évacuer le stress de ces paperasseries interminables avec des administrations archaïques, voire préhistoriques ! Le jeudi, Nickie rentre épuisée de sa virée dans le Sud, elle a obtenu des crédits, des promesses, elle n'a pas chômé. Bien qu'impatiente de retrouver Felipe et Stella, les deux amours de sa vie, elle choisit de consacrer cette soirée à Luna et de dîner à bord de *Baradoz*.

— Oh Luna, je suis si contente pour toi, lui avoue-t-elle, tu as bien mérité ce voyage, tu t'es donnée à fond pour le carnaval, tu m'as tellement aidée pour Stella, pour T21, il est grand temps que tu penses un peu à toi.

— Tu sais, Nickie, quand je danse avec vous, quand je m'occupe de Stella, quand je crie au stade de foot, je vis aussi ma vie, je m'éclate ici, et tout ça grâce à qui ? À toi, ma petite Nickie.

— Bah, je n'ai pas fait grand-chose, c'est toi qui as de la magie dans les doigts, tu as l'art de transformer la vie et de semer le bonheur autour de toi, tu es une fée, une envoûteuse vaudou !

— Allez, laisse tomber ou je vais y aller de ma petite larme.

— Non, Luna, franchement, tu es un rayon de soleil, tu m'as sortie tout droit des antres de l'enfer, je ne savais plus où j'en étais, et toi, tu m'as redonné confiance en l'avenir. Grâce à toi, j'ai retrouvé l'homme de ma vie, mon combat pour Stella prend aussi un nouveau départ, je touche enfin au bonheur, je ne te remercierai jamais assez. D'ailleurs, j'ai encore une chose à te demander et, c'est un peu solennel…

— Vas-y, Nickie, je t'écoute.

— Avec Felipe, on a décidé de baptiser Stella, et on voudrait que tu sois sa marraine.

— Oh la la ! C'est fort ! Mais Nickie, tu sais… bon, je n'ai rien contre la religion, du moins tant qu'elle n'est pas fanatique, je suis moi-même baptisée et tout et tout, mais tu vois, je suis complètement athée, je crois à la force de l'Homme, mais je ne crois en aucun dieu, alors pour une marraine, je ne pense pas faire réellement l'affaire. Et puis mon temps au Brésil est compté et j'aime Stella, il lui faut une marraine proche, disponible, affectueuse, pas un oiseau de passage comme moi.

Nickie est déçue, forcément, mais elle comprend les arguments de sa nouvelle amie, elle regagne sa petite famille et laisse

Luna terminer son sac de voyage. Felipe a insisté pour déposer Luna à l'aéroport, il profite du trajet pour la remercier lui aussi. Il rayonne de bonheur et son rire est communicatif. C'est gentil de sa part, il a même proposé à Luna de surveiller *Baradoz*, durant son absence. Il est vrai qu'il lui était difficile d'abandonner son Pogo pendant trois semaines. Ce bateau, c'est toute sa vie.

Dans le hall d'embarquement, Luna retrouve Leonardo, Javier l'infirmier est déjà là, petit homme moustachu et bedonnant, rien à voir avec le grand brun aux yeux sombres, le beau et fier médecin. Leonardo est aussi séduisant que son frère Raul, il aurait pu jouer le docteur Doug Ross dans *Urgences* et damner le pion à George Clooney. Mais Raul l'a prévenue, pas la peine de tirer des plans sur la comète, Leonardo est marié avec un mannequin, une bombe brésilienne, et par-dessus tout, il lui est fidèle.

— Pourquoi, ? J'ai l'air en chasse ? lui avait rétorqué Luna, vexée qu'on lui prête par avance ce genre d'intentions.

— Non, mais la jungle, ça peut donner des idées… avait alors gloussé Raul.

De Luna
À Chloé, À Jill
Le 24 avril 2015
Objet : Au pays des Indiens d'Amazonie

Je rentre tout juste de mon périple en Amazonie. C'était extraordinaire. J'en ai pris plein les mirettes. Déjà, Leonardo le toubib et Javier l'infirmier ont été super sympas, pas trop exigeants, et même, plutôt tolérants par rapport aux quelques bourdes que j'ai faites sur les réservations d'hôtel et j'en passe. Le voyage a été épuisant, on a pris l'avion, puis un bus bondé et puant la transpiration, dans une chaleur étouffante, ensuite un hydravion, ça c'est la classe, mais jouer les James Bond, ça fout aussi la trouille, j'ai cru perdre la vie à l'atterrissage sur un rio sinueux et étroit. Ensuite, on a embarqué sur un ferry, un caboteur d'une vingtaine de mètres, bondé lui aussi, des provisions de partout, des animaux, bouhh, et enfin, on a terminé en pirogue, assez grande pour nous trois, le matériel et notre guide qui parlait un truc bizarre, il n'y a que Leonardo qui arrivait vaguement à le comprendre. Avec les moustiques et sous le cagnard, je ne m'en tirais pas mieux que Thierry Lhermitte dans *Un Indien dans la ville* ! La bonne humeur de mes camarades de mission m'a aidée à tenir le coup, ils sont habitués, eux ; moi, je connais surtout le grand air marin !

On a visité une demi-douzaine de villages où vivent des Amérindiens Maué, le long de l'Amazone et de ses affluents. Chaque soir, on rentrait au village principal. J'ai rencontré des gens qui vivent dans un tel dénuement, ils ont si peu, mais ils sont si accueillants. Une case avait été préparée pour les gars, mais pour moi, rien n'était prévu, puisqu'ils attendaient le logisticien habituel, donc un homme ! Du coup, j'ai été logée chez la femme du chef, Mocamba. Hommes et femmes vivent séparément, et c'est l'homme qui invite sa femme chez lui pour les « exercices nocturnes ». Ce qui est étrange, c'est que leurs habitations ont plusieurs entrées, une pour la femme officielle, une pour les invités. Quand les garçons n'avaient pas besoin de mes services, j'accompagnais Mocamba dans ses tâches quotidiennes : cueillette, lessive et vaisselle dans le fleuve, préparation des repas. C'est sûr, on ne parlait pas la même langue, mais avec les mains et les regards, on en dit long, finalement. J'ai vécu très heureuse avec eux, une grande paix. Chez nous, celui qui ne possède pas une voiture, un appartement, un grand écran et des vêtements de marque, se sent moins que rien, malheureux et jaloux des richesses des autres. Ici, ils n'ont rien, et les autres… c'est pareil ! Oh, la jalousie existe quand même, elle porte sur les relations humaines, pas sur les biens matériels. Une femme m'a fait une scène parce que j'avais aidé son fiancé à réparer la voile de sa pirogue, là je m'y connais quand même un peu ! J'ai bien cru qu'elle allait m'étriper.

C'est qu'en fait, ils vivent, disons, assez librement. Si un homme a envie d'une femme, il le lui dit franchement, elle accepte ou elle refuse, ils n'en font pas tout un plat, et cela même en dehors du mariage. Certaines sont moins partageuses, et des hommes aussi sont plus possessifs, alors il y a parfois de belles bagarres ! Et puis, le plus dur, c'est le climat, je comprends pourquoi l'Amazonie est un désert humain, l'Homme n'est pas fait pour vivre dans de telles conditions ; l'Antarctique, ça doit être plus cool. Bestioles, chaleur, humidité, pourriture, infections, tout est problème et un petit rien peut devenir dramatique.

Hommes et femmes se partagent le pouvoir, ils se réunissent dans une case particulière et boivent une espèce de mixture, le çapoçapo, assez infâme à vrai dire, c'est là qu'ils prennent les décisions pour le village.

Je n'ai pas eu beaucoup de temps pour vivre comme eux, mais j'ai adoré cette parenthèse. Je réalise combien la richesse de notre belle planète provient des humains qui la peuplent. Oui, il y a des cons partout, et même peut-être de plus en plus, comme dirait Coluche, mais il y a surtout des gens simples et bons. Il faut juste qu'on arrive à se contenter de ce qu'on a et qu'on réussisse enfin à sourire, nous les Européens !

Dans le métro, celui qui sourit est pris pour un taré ; pourtant, la vie est plus belle lorsqu'on offre son sourire aux autres, j'en ai fait l'expérience.

Ouh la la, je divague, il faut que j'arrête la Cachaça, bon, ben, voilà, sinon, dans trois jours, je quitte le Brésil, j'en ai le ventre noué ; comme j'ai dépassé le temps alloué, je dois filer directement sur Saint-Barth et shunter le reste des Antilles. Tant pis pour moi !

Je viens de lire vos messages et je suis ravie d'apprendre que les futures mamans se portent à merveille. Un p'tit gars dans l'hémisphère sud, une pissouse à Paris, parfait, on n'aura plus qu'à les marier ces deux-là, je me chargerai de ça, j'ai du mal à gérer ma vie amoureuse, mais pour celle des autres, j'ai comme un don !

Bon, portez-vous bien, les jeunes.

Tchuss

Luna
ou Mayokani (dans mon Amazonie,
ça veut dire « la fille qui part sur son bateau » !)

On est le 28 avril, le ponton de la marina croule sous le poids des nombreux amis de Luna venus la saluer une dernière fois. Stella est là, elle lui offre une poupée de chiffon, Nickie a les yeux remplis de larmes, elle lui a apporté une paire de Havainas avec le maillot de bain brésilien assorti ! Felipe est arrivé avec sa troupe de musiciens, l'ambiance sonore est assurée. Le groupe Odlum est au complet, mené par Raul qui déballe un carton immense.

— C'est ton costume de scène, en souvenir !

— Tu pourras le sortir au Queen ! glousse Nickie.

Luna n'en mène pas large, les adieux ne sont pas sa tasse de thé, trop d'émotion pour son petit cœur… Felipe l'aide, car ses yeux embués ne lui permettent pas de gérer la manœuvre. La musique bat son plein, les danseurs dansent, les joueurs jouent, le voilier orange s'écarte du ponton. Soudain, un grand cri : c'est Leonardo qui les rejoint, essoufflé, il sort de salle d'opération, il tend à Luna un petit sac jaune. Oh ! c'est le maillot de l'équipe nationale brésilienne, avec le N°10 et un flamboyant LUNA dans le dos. C'en est trop, elle éclate en sanglots, la belle quitte ses amis, consciente d'avoir vécu là une escale hors du commun. Elle en a gros sur la patate et se laisserait volontiers aller à la mélancolie, mais *Baradoz*, tel un animal domestique, ne l'entend pas ainsi. Il exige son lot de soins. Il faut ranger les aussières et les défenses, hisser la grand-voile, couper le moteur, dérouler le génois, et reprendre petit à petit son rôle habituel de capitaine du fier vaisseau, la navigatrice en solitaire s'élance pour quelques milliers de milles encore, vers les Caraïbes.

— Avec un peu de chance, je croiserai Johnny Depp et son Black Pearl, trouve-t-elle encore la force de plaisanter.

12

Plus d'un pourrait s'étonner en observant son globe terrestre. Pourquoi Luna fait-elle, d'une seule traite, le trajet de Salvador de Bahia à Saint-Barth ? Étrange en effet quand on détaille les destinations de rêve qui jalonnent ce tracé, le Nord brésilien, pour commencer, Recife, Natal, Belém, ensuite, la Guyane et ses îles du Salut, et puis toutes les îles des Caraïbes, que d'escales idylliques en perspective ! Mais non, pour Luna, c'est direct Saint-Barth, pas d'arrêt au stand. Elle en a passé du temps à expliquer, par le menu, son choix à Jill et à Chloé, eux qui suivent assidûment la trace de la navigatrice sur une mappemonde, chacun à un bout de la carte. Pour la belle solitaire, le danger, hormis les problèmes météo, vient des approches des côtes. La veille doit alors devenir ultra attentive, la circulation s'intensifie, navires de commerce et pêcheurs surtout, aux routes erratiques et parfois même des navires mal éclairés, impossibles à détecter, n'émettant pas à l'AIS. De plus, à la côte, vents et courants peuvent perturber la navigation. En résumé, ce qui est facile et gérable, seule, au large, devient ardu et parfois dangereux, en arrivant à terre. Il n'y a qu'à voir les dégâts des premiers jours, au dernier Vendée Globe, deux collisions avec des pêcheurs, rien que ça ! Voilà donc pourquoi Luna préfère les longues étapes, tranquille au large des côtes ; en plus, elle a passé beaucoup plus de temps que prévu avec ses amis brésiliens, il lui faut désormais avancer, faire route, sans états d'âme, sans regarder en arrière, Saint-Barth justement est à deux mille cinq cents milles devant ! Saint-Barth, pourquoi Saint-Barth et pas la Martinique, Marie-Galante, la Dominique ? Luna est restée un moment indécise devant sa carte de l'arc antillais, et puis elle a finalement laissé parler son cœur. Le nom lui plaît, il la fait rêver, un côté people, assurément, mais on lui a dit que, comme c'est assez friqué, très peu de voiliers s'y arrêtent, et ça, ça lui plaît. Il y a aussi ce kiter, rencontré à Rodrigues, qui lui a parlé d'un spot où il n'y a personne. Ça, c'est ce qu'on appelle l'argument qui tue. Comment aurait-elle pu choisir une autre destination ! Luna a aussi en tête un réveillon du Nouvel An, elle était en fac de droit, et avec ses amis, ils s'étaient juré de faire un réveillon, tous ensemble, à Saint-Barth, quand ils auraient des sous, genre « on s'était dit rendez-vous dans dix ans », à la Patrick Bruel. Tant pis pour le réveillon avec les copains, mais au moins, elle ira à Saint-Barth.

Hélas, c'est bien loin, et la traversée est un peu monotone. Luna commence à sentir le poids des milles parcourus, le plaisir de naviguer est intact, mais ces longues journées seules sont déprimantes et il commence à lui tarder de ramener *Baradoz* au bercail, de retrouver Chloé et son gros ventre, et même l'envie de retravailler la titille. Elle adore son métier, cet arrêt prolongé lui fait réaliser à quel point elle est faite pour ce job, vraiment, s'ils la reprennent au cabinet Baumann & Associés, c'est sûr, elle signe. Et puis, la saison cyclonique a son mot à dire : début juin, il lui faudra quitter les Antilles et faire cap sur la Bretagne. Et comme Luna aime les choses claires et précises, elle a fixé sa date de retour : ce sera le 14 juillet et rien d'autre.

— Au moins, j'aurai mon feu d'artifice moi aussi, se dit-elle, en pensant aux arrivées des concurrents du Vendée Globe.

Les 14 juillet de son enfance, elle les associe aux Champs-Élysées. Chaque année, ils y assistaient.

— C'est un devoir patriotique, clamait Youn.

Ils entonnaient *La Marseillaise* dans la voiture, sortaient leurs beaux habits, c'était la fête. Luna devait porter une robe, à l'époque c'était la corvée pour elle que certains traitaient agressivement de garçon manqué. Quel vilain mot. C'est juste que, comme beaucoup de jeunes filles de son âge, elle préférait le jean-Converses. Plus tard, ces journées la gavaient un peu, mais pour faire plaisir à ses parents, elle se pliait à la tradition Dorval. Au déjeuner, ils retraçaient l'histoire de France, finissant à chaque fois par évoquer Jean, ce grand-oncle résistant et mort fusillé à Lyon par la Gestapo. Encore un à qui on doit de ne pas manger de la saucisse au petit-déjeuner !

Luna est fière de compter un héros parmi ses ancêtres, elle y pense souvent, les longues nuits de veille sont propices au recueillement. Cette Seconde Guerre mondiale, quelle plaie ! Des morts oui, mais c'est pour les vivants que l'après-guerre a été ingérable. Trop d'horreurs, de trahisons, beaucoup ont préféré tourner la page et ne plus parler de tout ça. Luna se souvient d'étudiants allemands en trimestre Erasmus, à l'université, ils avaient échangé quelques idées sur cette sale guerre, et Luna avait découvert, effarée, qu'ils étaient complètement ignares, à croire que leur manuel d'histoire s'était arrêté en 1930. Politique de l'autruche ? Trop dur peut-être pour les générations suivantes de porter un tel fardeau. Luna en avait été choquée ; le pire, c'est l'oubli !

Les journées passent et ne se ressemblent pas. Un jour, c'est pêche d'un gros thon, suivie de la confection de conserves et de lamelles de poisson séché. Un autre, c'est lecture assidue d'un étrange policier, *Le Livre sans nom*, et même sans auteur, puisqu'écrit par un écrivain anonyme. Un autre jour est consacré à la beauté, épilation à la cire, ouille ! ça fait mal, pose de vernis à ongles, peeling du visage. Un autre, rien, pas de manœuvre, pas de volonté, temps calme, rêvasserie sans discontinuer. Un jour encore, c'est musique à gogo, elle enchaîne les Who, les Stones, les Cure, Téléphone, Led Zeppelin, puis Christophe Miossec et Julien Doré entre deux Olivia Ruiz. Puis c'est journée cuisine, les petits plats dans les grands, pâtisseries et viande en sauce et surtout en conserve. La plupart du temps, c'est une compilation de tout ça, un mix de ces instants variés.

Plus les traversées sont longues et moins Luna est pressée d'arriver, on le sait, là quand même, après vingt jours, elle est tout sourire d'apercevoir les hauteurs de Saint-Barthélemy. Petit passage bien balisé, vert à bâbord et rouge à tribord à la mode américaine, et la voici nichée dans le petit port de Gustavia. Luna chez les milliardaires, on aura tout vu, mais pourquoi il n'y aurait que les pays pauvres à recevoir les honneurs de sa visite ?

Petit bout de France, ça fait plaisir, et depuis la Nouvelle-Calédonie, ça date un peu. Et puis, laissons la Calédonie et ses mauvais souvenirs de côté. Les formalités administratives sont simplifiées, un ordinateur à disposition à la douane, deux ou trois données à renseigner et le tour est joué.

— Ah, si ça pouvait être comme ça partout ! s'enchante la tourdumondiste.

Gustavia est une jolie petite ville caraïbe avec ses toits colorés en tôle, ses belles terrasses, ses façades blanches aux boiseries ajourées, un vrai décor de cinéma. À côté, ça sent l'argent à plein nez, jusque dans les yachts luxueux ancrés dans le port, un petit côté Saint-Trop, mais Luna n'en sait rien, elle n'a jamais poussé jusqu'au bout de la célèbre Nationale 7. Plus Saint-Malo que Saint-Tropez, c'est inscrit dans ses gènes, sans doute.

Après quelques jours de farniente, bien mérités au demeurant, Luna farfouille dans ses dossiers et retrouve les conseils du professeur de kite de Rodrigues, avec la localisation du fameux spot de rêve. Justement, le spot n'est qu'à quelques kilomètres, elle se loue une jolie Vespa rose bien « flashy » et file vers la plage avec tout son barda. L'endroit est à la hauteur des attentes de Luna, désertique, magnifique. La route longe la mer, elle est bordée d'une allée de cocotiers dont les plus fatigués penchent désespérément vers l'eau turquoise du lagon. La plage de sable blanc est exposée aux vents dominants, les alizés d'est, pas idéal pour la bronzette, les doigts de pied en éventail, mais parfait pour de bons *rides* de kitesurf, le vent ramène à terre. Luna déploie son matériel, enfile son harnais et son casque, gonfle les boudins, et enfin l'aile décolle, révélant aux mouettes attentives le spectacle de ses jolies couleurs orange et rose. Le plan d'eau pour elle seule. Luna est au paradis, elle s'élance vers l'océan la planche sous le bras. Quelques gamelles, des maladresses liées au manque de pratique de ces derniers mois et la voilà à nouveau sur les chapeaux de roue, à fond les ballons, l'éclate totale.

Mince alors, saperlipopette même, elle aperçoit une aile qui s'élance du rivage.

— Eh, c'est chez moi, ici, crie-t-elle.

Oh ! pas la peine de s'égosiller, personne ne l'entend. Mais bon, quand il y en a pour un, il y en a pour deux. Étrangement, il en met du temps à se lancer celui-là, ou celle-là.

— Pas téméraire, il doit débuter, se dit Luna, compatissante.

Ses propres débuts ne sont pas si loin, et le souvenir de truculentes pirouettes et autres plats intempestifs en tous genres est encore vif dans sa mémoire.

Petit salut du collègue, comme entre motards ou entre marins, à part que celui-ci s'est pris un gros gadin, pas si simple de lâcher une main !

Trois heures plus tard, les bras et les reins de la belle sportive crient grâce.

— Ne grillons pas toutes nos cartouches dès le premier jour, convient-elle, enfin raisonnable, je n'ai plus vingt ans, je reviendrai demain.

Elle s'approche du rivage, dépose délicatement son aile, la sécurise et commence à dégréer ses lignes. Elle repère son concurrent qui décide aussi de rentrer, l'aide à poser son aile, à deux c'est tellement plus facile.

— Merci, lui fait-il avec un de ces accents américains.

Luna se présente, raconte rapidement qu'elle est en voilier depuis deux ans ; lui, c'est Robert Sewell, de Chicago. Tout en ramassant leur matériel, ils discutent de leur sortie kite, puis Robert propose un bon thé parfumé, qu'il sort de son van, et ils partagent ce petit goûter Choco BN, en se dorant la pilule au soleil. Oh, agréable spectacle pour Luna, plage de rêve, soleil couchant et, ma foi, un super beau mec à ses côtés. Robert aussi n'en perd pas une miette, les occasions de mater discrètement la belle jeune femme, le regard camouflé derrière ses Ray Ban, ne manquent pas. Primo, il est assez épaté des prouesses en kite de sa camarade, surtout qu'en effet, lui, il débute laborieusement, et secundo, elle est magnifique dans son bikini brésilien. Robert lui raconte qu'il travaille à Los Angeles, et qu'il passe quelques jours de vacances, ici à Saint-Barth ; au début, il vivait avec des potes à l'hôtel, puis un copain lui a prêté son mini van, alors il s'est mis au camping sauvage, à l'écart de l'agitation des hôtels luxueux. Luna lui explique son tour du monde et n'en finit pas d'estomaquer l'Apollon américain.

C'est quand même Luna qui pousse un cri de stupéfaction en apercevant le fameux van, camouflé derrière des cocotiers, s'attendant à l'habituel camping-car blanc bien cubique, elle découvre, ébahie, un magnifique combi VW orange et blanc, superbement rénové, une perle.

— Oh mon dieu, j'ai toujours rêvé d'en avoir un comme ça, s'écrie-t-elle.

— Ben, je te le prêterais bien, mais pas sûr que le proprio soit d'accord, rigole Robert.

— T'es fou, ça vaut la peau des fesses, ces machins-là.

— Ouais, tu as sans doute raison, j'n'y connais rien, se reprend Robert, un peu gêné.

— Allez, fais-moi quand même visiter ton antre.

— Avec plaisir, le tour du propriétaire est vite fait, un lit, ou plutôt une banquette, une cuisine de campagne, une douche solaire, et pour les WC, prière de se garer à proximité des toilettes de la plage. C'est le grand luxe, coucher de soleil pour moi tout seul, je suis le roi du monde !

— Que c'est beau, j'adore, je craque !

— Il faudra que tu me montres ton yacht, aussi.

— Oui, enfin, yacht, c'est un grand mot, un voilier quoi, tout simple, t'as qu'à passer prendre l'apéro ce soir, si tu veux.

— OK, mais ensuite, je t'emmène en boîte, j'ai rendez-vous avec mes potes au Sunflower.

Luna repart sur sa Vespa, elle a la banane, un sourire d'une oreille à l'autre, gaffe aux moucherons quand même, écrasés sur les dents, ça manque de charme. Elle passe au drugstore pour un plein d'amuse-gueules, d'accras de mangue, de beignets de crevettes, de samoussas créoles, qu'elle compte lui servir avec de la Caipirinha préparée avec la Cachaça ramenée du Brésil.

— Pas sûr qu'ils connaissent ça, les Ricains, se demande-t-elle.

Robert arrive assez tôt, il semble nerveux, constamment à guetter autour de lui.

— T'es poursuivi par le FBI ou quoi ? pouffe Luna.

En bonne hôtesse, elle sert les apéritifs, ils se régalent, il fait bon sur *Baradoz*, une petite brise thermique rafraîchit l'atmosphère et surtout fait fuir les moustiques, pour le plus grand plaisir de Robert. Il savoure cet instant, lui qui ne connaît rien à la mer, aux bateaux, ben oui, il est de Chicago !

Luna lui présente sa « maison » et il n'en revient pas.

— C'est tout petit, en fait !

— Ah, ben merci, se vexe Luna.

— Non, ce n'est pas ça, je ne voulais pas être désobligeant, mais pour un tour du monde, je pensais… j'imaginais plus grand.

Flash. Un touriste photographie *Baradoz* depuis le quai, c'est le deuxième de la soirée. Robert redevient nerveux.

— T'inquiète pas, explique Luna, ça m'arrive tout le temps, les gens aiment photographier mon bateau, la couleur sans doute, j'ai souvent droit à ça, de vrais paparazzi, j'te jure.

Étrangement, cela n'a pas du tout l'air d'amuser Robert.

— J'ai même dû virer deux jeunes mariés qui étaient carrément montés sur mon bateau pour se prendre en photo, t'imagines ? Du grand n'importe quoi !

Robert n'est vraiment pas d'humeur à plaisanter.

— Ça te dit de commander des pizzas ? J'n'ai pas le courage de souper en ville, propose-t-il d'un air renfrogné.

— Andiamo, répond Luna, de son plus bel accent italien.

Robert insiste même pour dîner à l'intérieur de *Baradoz*, prétextant être incommodé par le vent ; Luna n'aime guère manger dans le carré mais se plie, de bonne grâce, aux caprices de son invité, va pour une fois. Ils partent ensuite pour le Sunflower. Luna suit son sympathique mais lunatique compagnon. C'est fou ce qu'il peut être d'humeur changeante. Le videur les laisse passer, après une poignée de main virile mais chaleureuse, et un « salut Robert » amical.

— Visiblement, c'est un habitué des lieux, constate Luna, tout le monde le salue, lui sourit.

Attablés devant profusion de vodka et de champagne, les amis de Robert font la fête, tous des Américains, assez braillards, Luna n'apprécie guère leur compagnie, dans la catégorie fête de classe et beuverie, ils font fort. Elle danse un peu, puis se décide à rentrer, plus motivée par le kite du lendemain que par ces orgies grotesques, marre de ces joyeux lurons en goguette. Robert est introuvable, elle s'éclipse discrètement.

Bah, il verra bien que je ne suis plus là !

Finalement, elle le repère en grande discussion avec une belle brune siliconée au décolleté insolent. Luna est un peu déçue, un peu jalouse et surtout très vexée.

Le lendemain, fraîche et pimpante, elle enfourche sa Vespa et gagne la route de la plage. Ces deux-roues, c'est incroyable, cela donne un puissant sentiment de liberté.

— Je n'reconnais plus personne, en Harley Davidson, chantonne-t-elle à tue-tête.

Cela lui rappelle un de ses ex, il avait une grosse Ducati, elle adorait monter derrière lui, mais là, même à quarante kilomètres à l'heure, la vitesse la grise, c'est elle qui tient le guidon et ça change tout.

La plage est libre, cette fois encore, elle ne peut s'empêcher de fouiller la dune des yeux, à la recherche du combi VW orange ; hélas, rien à l'horizon.

— Te fais pas d'illusion, ma belle, ce mec, il drague tout ce qui bouge, en une semaine à Saint-Barth, il a dû se taper toutes les pétasses friquées du quartier !

Luna se concentre finalement sur son kite, elle s'amuse comme une gosse.

Après plusieurs heures de run, seule sur son plan d'eau, Robert n'a pas dû finir très tôt sa soirée, elle remonte tranquillement sur la plage. Un marcheur vient à sa rencontre et lui propose par signe de poser son aile, sympa, c'est plutôt rare, mais non, ce n'est pas un simple promeneur, c'est Robert qu'elle n'a pas reconnu, gênée par le contre-jour. Robert a passé la matinée à la regarder, à l'admirer depuis son fauteuil de campeur.

— Eh, Cendrillon, t'es partie comme une voleuse hier soir !

— Oh je n'avais pas l'air de trop te manquer.

— C'est quoi ça, une crise de jalousie ou je ne m'y connais plus, plaisante Robert.

— Tu rigoles ou quoi, moi, je ne te demande rien et je ne te dois rien non plus, d'ailleurs.

— Tu as apprécié ta virée kite ? demande Robert, assez malin pour faire diversion, avant que l'ambiance ne dégénère complètement.

— Oh oui, super, et pas un zigoto pour me couper la route, répond-elle malicieusement.

— En fait, je pensais sortir moi aussi, puis j'ai préféré regarder une jeune Française virevolter dans les airs, domptant le vent et les vagues, plus gracieuse encore que la déesse Aphrodite.

— Tu as bu ou tu as fumé la moquette, mais je te trouve bien poétique pour un Américain.

— Eh, les Français n'ont pas le monopole de la culture, tu sais, il m'arrive de lire autre chose que des Disney et des Marvel.

— Alors là, tu m'épates carrément.

— Allez, je t'invite, pique-nique dans le van, j'n'aime pas manger en plein air.

— Ça, j'l'avais remarqué, le contraire de claustrophobe, en fait.

Après ce fabuleux déjeuner, bien calés dans les poufs jonchant le sol du combi, Luna et Robert se détendent en sirotant un café, du mexicain, le meilleur café du monde selon Robert. Subrepticement, quelque chose de nouveau s'installe entre eux, de la complicité, de l'amitié, certainement, du désir, oh oui, de l'amour, n'exagérons rien, ce serait prématuré ! Pas avare de nouvelles expériences, elle laisse son Américain lui retirer le T-shirt Hoalen qu'elle porte si souvent et le joli petit maillot noir à fleurs de chez Slam69, une trouvaille australienne. Robert est expert dans l'art d'effeuiller sa belle, et pour la suite, on se passera de commentaire.

Un peu plus tard, Luna s'habille à la hâte, elle a un rendez-vous Skype avec Jill qu'elle ne veut surtout pas manquer. Ils sortent du van quand une moto surgit, le passager dégaine soudain un gros Nikon et les mitraille carrément. Luna en reste pantoise, complètement ahurie, tandis que Robert se raidit, empoigne une couverture pour les protéger, mais la grosse cylindrée est déjà loin, il reprend alors sa tête des mauvais jours, une fossette habille son sourire éteint.

« La fossette du souci », songe Luna.

— Ça alors, qu'on photographie mon bateau OK, mais je ne pensais pas qu'il y en avait aussi pour photographier les combi VW. Cela dit, il est magnifique et je dois reconnaître qu'il m'arrive aussi d'en choper un de temps en temps clic, clac, Kodak, mais jamais avec les gens devant comme ces hurluberlus un peu trop pressés.

Robert ne bronche pas, il ne plaisante plus.

— Quel homme mystérieux, rumine Luna, en regagnant *Baradoz*. Cela dit, avec un si beau cul, je lui passe toutes ses excentricités !

De retour à temps sur son Pogo 12.50, Luna s'installe devant son ordinateur portable.

— Salut Jill, ça va frérot ?

— Salut Luna, ponctuelle, même sur Skype, bravo !

— Quelle heure il est chez toi, il fait nuit on dirait ?

— Vingt-deux heures. Alors raconte, la traversée n'a pas été trop longue ? Comment tu vas ?

— Non, cool, pas d'avarie. J'ai eu du temps pour penser à toi, à Zeena, et comment va ma petite Lula ? Et mon futur neveu ?

— Tiens regarde, c'est la dernière échographie, il est beau non ?

— Beuh, je n'y vois rien, une grosse crevette, j'dirais, c'est l'image Skype qui passe mal…

— Tout va bien, il pousse vite, Zeena est crevée, mais c'est plus à cause de Lula qui est excitée comme une puce, elle a décidé d'acheter un voilier pour faire le tour de la Terre et venir te retrouver en France, et avec son petit frère en plus, les gosses ont de ces idées !

— Dis-lui que je l'attends, et sinon, les nouvelles ?

— Eh bien, j'ai enfin reçu ma nouvelle vedette, 25 m, belle bête, à cinq bateaux on tourne bien, et il le faut, une bouche de plus à nourrir dès cet hiver !

— Super ! Vous me manquez tous les trois, il faut que vous veniez à Paris, après la naissance du bébé.

— C'est promis. Et toi, qu'est-ce que tu fais de ton temps à Saint-Barth ?

— Du kite.

— Cool.

— Je drague aussi. Un Américain cette fois, histoire de changer un peu.

— Bien, et le Tony, aux oubliettes cette fois ?

— On va dire ça, répond-elle, sans conviction.

— Et tu repars quand ?

— Oh, d'ici une bonne quinzaine. Cap à l'est vers la France, 14 juillet à Camaret, si Éole le veut bien.

— C'est qui ça, le nom de ta nouvelle prise ?

— Meuh non, gros ballot, c'est le dieu du vent, toute une éducation à reprendre !

— Et sinon ?

— Pas grand-chose, il fait beau, 28° dans l'air, kif kif dans l'eau, pas de croco, c'est top.

— Tant mieux.

— Tu sais ce qu'il disait, Youn ?

— Non ?

— Quand on commence à parler du temps qu'il fait, c'est qu'on n'a plus rien à se dire !

— Oh, c'est vache !

— Allez, je t'embrasse fort frérot, et toute la smala aussi. Tchuss.

— Salut, Choupette.

Bip, bip.

Luna est un peu refroidie, elle ne supporte pas qu'on lui parle de Tony, c'est chasse gardée, son jardin secret. Elle le rejoint souvent en rêve, il n'est pas aux oubliettes, loin de là. Et ce ne sont pas deux ou trois galipettes dans une case africaine ou dans un van orange qui y changeront quoi que ce soit ! Les journées suivantes sont du même acabit : kite, beaucoup de kite, et puis des rendez-vous galants, dans le combi VW ou à bord de *Baradoz*. Robert s'avère de plus en plus casanier, les sorties discothèques ne semblent plus l'intéresser. Luna s'en étonne, mais s'adapte. Son amant affiche quelque chose de James Dean, un côté rebelle fuyant la société, c'est finalement plaisant pour Luna, sa seule compagnie semble lui suffire.

De Chloé
À Luna
Le 8 mai 2015
Objet : Cachottière

PJ : voici.jpg

Eh bien ma vieille, Robert Sewell, tu ne t'embêtes pas toi ! Tu imagines le choc quand je t'ai vue sur la devanture du marchand de journaux, à la une de la presse people ! Ma meilleure amie, avec la star de cinéma américaine la plus en vue du moment, en train de se prélasser sur son bateau. L'oscar du meilleur acteur, égérie Hugo Boss, tu m'en fiches un coup ! T'es vraiment une sacrée cachottière. Tu m'avais parlé d'un Ricain surfeur, ah ah, j'en ris encore, c'est Secret Story ton truc. Et puis cette photo où tu sors d'un van les cheveux en pétard, c'est confortable les combi VW pour la gaudriole ?

Je peux t'assurer que ça a fait du bruit dans le Landerneau parisien. Toutes les filles sont vertes de jalousie. Armelle veut se mettre à la voile, elle en a marre de tomber sur des banquiers ou des assureurs, elle veut sa star, elle aussi. Christelle demande une photo dédicacée, Élodie dit qu'il doit avoir des potes sexys et veut que tu le ramènes à Paris, Lætitia veut que tu lui piques un caleçon, toujours son côté fétichiste, et Manue veut carrément être témoin de votre mariage ! Bref, ça jase un max, maintenant, j'attends que tu me ramènes des potins, il est sympa au moins ?

J'attends des news.

Tchuss

Chloé

Sous le choc, Luna ferme sa boîte mail et lance Google… Robert Sewell. Elle tombe des nues, des centaines de références, un pedigree complet sur Wikipédia, ses films tournés avec Tarentino et Spielberg ont visiblement cartonné, la star la mieux payée de l'année 2014… C'est vrai que côté showbiz, Luna est un peu à la ramasse depuis son départ, cinéma, musique, elle n'a rien suivi. Mais là, qu'est-ce qu'elle se sent cloche, et puis elle se sent aussi dupée. Quel jeu a-t-il voulu jouer avec elle, la naïve navigatrice au long cours ? Luna est furax, furax après elle-même déjà, mais aussi furax après Robert machin chose ou quel que soit le nom qu'il porte.

Justement, quand on parle du loup, le voilà qui se pointe, la gueule en fleur, une bouteille de rosé italien dans une main, une pizza de chez Gino dans l'autre.

« Dire qu'il est millionnaire », se dit Luna, mi-amusée mi-énervée.

— Tu comptais me la jouer longtemps, ta petite comédie hollywoodienne ?

— De quoi tu parles, Luna ?

— De ça ! explose-t-elle, en montrant l'écran de son ordinateur et la une de *Voici*.

Robert affiche aussitôt une mine défaite, laissant apparaître sa jolie fossette. Ses épaules s'affaissent, comme si le poids des soucis lui était tombé dessus d'un coup.

— Je ne t'ai jamais menti, dit-il en plongeant son regard dans les yeux furibards de Luna.

— Comment… comment oses-tu ?

— Je ne te mentais pas quand on faisait du kite, qu'on riait, qu'on flirtait, on n'a jamais parlé de boulot, toi non plus, tu ne m'as pas dit quel job tu faisais à Paris !

— Ce n'est pas pareil, je ne suis pas une star internationale, moi ! Ne mélange pas tout ! Ah vous avez dû bien rire de moi, avec ta bande de potes du Sunflower ! Et pour ta gouverne, je suis avocate ; je sais, ce n'est pas très fun, mais c'est mon métier et je l'adore, si tu veux savoir !

— Et alors, est-ce la seule chose qui compte chez moi ? Les films que je joue ? Les millions que je gagne ? Tu es la première personne, depuis des années, à me traiter comme un simple être humain et pas comme un dieu du septième art. Depuis deux ans, je ne peux lever un pouce sans être harcelé par des fans. Toi, avec ton voyage, tu ne savais rien de moi, j'ai pu rester naturel, notre relation était « normale », sans arrière-pensée, ça m'a fait revivre, j'ai trop aimé ça, je ne pouvais plus t'en parler sans rompre le charme.

— Et ces gens qui nous ont pris en photo, ah tu as dû bien ricaner de moi, alors que je croyais qu'ils en avaient après mon bateau ou ton VW, tu as dû les faire rire encore au Sunflower, salop !

Les larmes lui montent au nez.

— Luna, arrête, je ne me suis jamais moqué de toi, juré craché, et puis je te respecte trop, et j'aime le fait que tu ne m'aies jamais vu torse nu sur une affiche Hugo Boss, finit-il en riant et en la prenant dans ses bras.

— Eh bien, tu vas être déçu, mais je l'ai vue cette affiche, sur le Net, pas mal, mieux qu'en vrai, je dirais, ironise alors Luna. Mais dis-moi donc, si ma copine Chloé ne m'avait révélé le pot aux roses, tu ne m'aurais rien dit ?

— Non ! Franchement Luna, je suis en vacances, toi en escale de ton tour du monde, nous savons l'un et l'autre que notre histoire n'ira pas plus loin, alors n'en faisons pas un drame et profitons des derniers jours à Saint-Barth au lieu de nous chamailler pour des broutilles.

Par bribes, les souvenirs des derniers jours remontent en surface, les sautes d'humeur de Robert quand ils ont été photographiés, son besoin de vivre en reclus sur la plage, il ne faisait que fuir les affres de la célébrité. Qui est-elle, finalement, pour lui reprocher de vouloir vivre en homme libre ?

— Bon allez, j'te pardonne, mais on arrête les surprises, mon cœur va lâcher sinon !

— Alors là, ça tombe mal, mets ta plus belle robe, changement de programme, je te sors et tu ne seras pas déçue, ma beauté des îles.

Cinq minutes plus tard, Luna, pomponnée et pimpante, est au volant du van qui en fait appartient évidemment à Robert, un coup de cœur en arrivant à Saint-Barth, une touche seventies, sea, sex and sun… Ils roulent vers l'ouest et longent les villas toutes plus luxueuses les unes que les autres, du moins c'est ce que laissent supposer les grands murs qui encerclent les propriétés. Robert lui indique de suivre un sentier escarpé, élégamment éclairé de lampions enflammés. Un majordome en queue-de-pie filtre les entrées de la somptueuse villa de verre, de bois et de pierre qui domine la baie. La musique est tonique, étonnante.

C'est alors que l'hôte de la soirée s'approche de Robert, lui serrant chaleureusement la main avant de baiser délicatement celle de Luna. Prête à défaillir, celle-ci se reprend alors que déjà l'homme élégant lui tourne le dos pour accueillir d'autres convives.

— Mais, mais… c'est George Glooney !

— Oui, George a loué la villa, on fête la sortie de *Planete's Twenty*. Tu verras, c'est un mec sensass, encore pas mal pour un vieux, tu ne trouves pas ?

Luna est tétanisée, elle observe les invités en tentant de reprendre son souffle. Quelques minutes encore lui permettent de retomber de son nuage, Robert lui tire alors le bras.

— Eh, ma belle, tu es sur ton surf ou tu es avec moi ? Tu ne vas pas me dire que mes potes t'impressionnent quand même, il n'y en a pas un qui t'arrive à la cheville et qui pourrait faire ce que tu fais, seule sur ton *Baradoz* ! Ce n'est que du cinéma, tu sais, rien d'exceptionnel somme toute.

La soirée est très agréable, des serveurs endimanchés se faufilent entre les convives avec des plateaux garnis de toasts et de coupes de champagne, certains dansent, tiens, la belle brune au décolleté affriolant du Sunflower est là aussi. Luna découvre que c'est une actrice, elle a joué avec Robert en début d'année.

Rapidement, les conversations convergent vers le voyage de Luna et elle finit par être la « star » de la soirée, la petite nouvelle que personne ne connaît. Au pays des acteurs, l'anonyme est roi ! Comme s'ils étaient lassés de parler cinéma, showbiz et autres peopleries, ils se passionnent pour son expérience à elle, ses traversées solitaires, ses rencontres improbables au bout du monde. Un peu pompette, elle se met à raconter, raconter encore, son périple est une inépuisable source d'anecdotes qui amusent la galerie. Et c'est même le grand éclat de rire quand elle finit par proclamer que la rencontre la plus improbable qu'elle ait faite sur ce voyage, c'est celle de George Glooney à Saint-Barth !

Le jour se lève déjà lorsque Robert ramène sa conquête à bord de *Baradoz*, le confort du voilier ayant finalement eu raison des coussins défraîchis du combi VW. Et puis Luna n'aime pas découcher, son bateau seul au ponton, non, ça lui crève le cœur. Au réveil, elle constate immédiatement le changement de ton. Son compagnon lui a préparé un petit-déjeuner de reine, croissants, beurre breton, confiture antillaise, café et même un joli bouquet d'hibiscus roses. Luna, flattée, félicite son amant qui ne peut qu'avouer qu'il s'agit ici de l'œuvre de John, son assistant, qui a fait livrer le tout.

— Maintenant que tu sais que j'ai des ronds, je peux me laisser aller, ricane-t-il en enfournant un croissant dégoulinant de

Nutella. Par contre, toi, tu vas devoir rapidement décoincer, ils vont bientôt arriver, il est midi.

— Qui ça ? demande Luna nonchalamment.

— Ne me dis pas que tu as déjà oublié ?

— Oublié quoi ? J'suis pas trop en état de jouer aux devinettes ce matin !

— Mais, tu as invité George Glooney, son amie et Brendon Vern à déjeuner sur *Baradoz*, et tu leur as promis des crêpes en plus, tu leur as dit que c'est une spécialité française et que tu en as hérité la recette de ta grand-mère bretonne !

— Oh mon Dieu, non, dis-moi que je n'ai pas fait ça ! Dis-le-moi, Robert, s'il te plaît, c'est une blague ? C'est pas vrai, jamais plus je ne boirai une goutte d'alcool, dans quel pétrin je me suis encore fourrée !

— Panique pas, j'vais t'aider !

— Ah parce qu'on sait faire les crêpes à Chicago ?

— Non, mais mon John est super efficace pour te dénicher les produits les plus incroyables dont tu vas certainement avoir besoin.

Et c'est comme ça qu'on a pu voir, une paire d'heures plus tard, une joyeuse bande attablée dans le cockpit de *Baradoz*, se régalant de crêpes comme des gamins. Robert a eu la bonne idée de partir mouiller dans une baie isolée, à l'abri des curieux, pas de paparazzi à l'horizon, les célébrités sont détendues, la navigatrice un peu moins, mais l'ambiance bon enfant finit par lui faire oublier la popularité de son insolite équipage. Sans chichi, tout le monde finit à l'eau et Luna se retrouve même à donner un cours de kite à George Glooney, tout heureux de découvrir qu'à son âge, on peut encore apprendre un sport de glisse aussi grisant.

Plus tard, alors que les amants lavent la vaisselle, Luna s'étonne.

— Il est drôle ton pote George, il me bassine toute la journée, me disant que ma vie simple sur mon bateau est sensationnelle, il trouve fabuleux de manger des crêpes au beurre, au milieu du lagon, et de voir que je fais mon pain moi-même, mais en même temps, quand il décide de rentrer, il bigophone son assistant et hop, c'est l'hélico qui vient le chercher, il est quand même un peu bizarre.

— Tu sais, quand tu as beaucoup d'argent, à ne plus savoir comment le dépenser, rien n'est bizarre.

— Et toi, ça ne te dérange pas de faire la vaisselle !

— Moi, je sais d'où je viens, j'essaye de ne pas oublier que je n'ai pas toujours été riche.

— Peut-être, mais franchement, la vaisselle, c'est barbant ; à Paris, j'ai un lave-vaisselle !

— T'as raison, c'est la barbe, allons plutôt danser !

Le lendemain, Robert doit se rendre à Pointe-à-Pitre pour assister à une projection privée de leur dernier film, au bénéfice d'une association contre l'enfance maltraitée. Il lui en a parlé entre deux bains dans le lagon, et vu l'air enthousiaste de Luna quand il a discuté d'hélicoptère, il lui a proposé de l'accompagner. Luna est dans ses petits souliers, passer la journée avec Robert, ce n'est déjà pas si mal, mais avec un baptême d'hélicoptère, et dans la mer des Caraïbes, là, ça frise la perfection.

Luna a bien en tête la carte marine des lieux, elle décrit à Robert les baies et les villes qu'ils survolent, connaissant les noms de toutes les îles qu'ils aperçoivent au loin. Vu du ciel, c'est grandiose, Yann Arthus-Bertrand ne la contredirait certainement pas, le relief est écrasé, mais les différents bleus de l'océan mettent une touche de magie dans le spectacle qui s'offre à eux. Atterrissage en Guadeloupe, trajet en Porsche Cayenne vers Pointe-à-Pitre, projection du film devant un parterre de mondains antillais, chefs d'entreprise, politiques, petit cocktail et retour par les mêmes voies. Robert a même accepté de faire un détour par une boutique d'accastillage, permettant ainsi à Luna de récupérer des pièces pour son pilote automatique. La tête de la vendeuse en voyant Robert Sewell pénétrer dans son échoppe poussiéreuse, pour un peu, elle nous faisait une syncope.

— Madame a fini ses emplettes ? On peut rentrer ou il faut encore acheter des robes et des bikinis ?

— C'est bon, ramène-moi, mon prince, ironise-t-elle. Je me serais bien fait un McDo, mais là, ce serait abuser, j'en conviens !

— Un McDo, ça m'dit bien à moi aussi ! Au drive alors, évitons l'émeute, s'il te plaît !

Quel festin, Big Mac sur une aire de pique-nique dominant la rade. Ça vaut les meilleurs étoilés parisiens !

En arrivant à Saint-Barth, Robert consulte sa messagerie.

— Tu vas encore être surprise !

— Quoi donc ?

— Tu te souviens, tu as raconté à George que tu as appris le kite avec un mec sensass en France, et bien le zozo, il l'a fait venir, ton pote breton, et tout ça pour une leçon perso !

— Non, Franck ? Franck est là ?

— Eh oui, quand il a une lubie en tête, tu ne peux pas arrêter George, tu lui as montré un nouveau jouet, il a chopé le virus !

— D’accord, mais il doit y en avoir des palanquées de moniteurs dans le secteur.

— Tu lui as dit que Franck est top, il a voulu Franck, ne cherche pas plus loin !

Finalement, le fameux Franck va se faire complètement monopoliser par George Glooney, et avec Luna, ils ne feront que se croiser sur le spot de kite.

— Alors, c’est à toi que je dois cette virée à Saint-Barth, parmi les people, content de te revoir, Luna !

— Salut, Franck, j’espère que ça ne perturbe pas trop ton école de Saint-Malo.

— Non, ça va le faire, et puis c’est juste deux jours, et avec le chèque qu’il m’a laissé, je vais pouvoir booster mon shop, c’est donc plutôt une aubaine.

— J’vais te laisser, Franck, car je crois que ton élève s’est emberlificoté dans ses fils, raille Luna, tu donnes aussi des leçons de tricot ?

Le lendemain, c’est la soirée d’adieu, toute l’équipe doit repartir à bord du jet privé de George Glooney. Au petit matin, Robert lui fait ses adieux, ils ont sincèrement passé de bons moments ensemble, mais leurs routes divergent ici, vers l’est pour Luna à qui il tarde de retrouver la bonne vieille Europe, vers l’ouest pour Robert, Miami cette fois, où un nouveau tournage l’attend. Il prend le temps de dédicacer un paquet de photos pour les copines de Luna, puis s’en va vers l’aéroport. Il opère soudain un demi-tour. Luna s’approche.

— Tu as oublié quelque chose ?

— Luna, je voulais t’offrir un présent pour te remercier de ces journées fantastiques.

— Oh, te bile pas.

— En fait, je manquais d’inspiration, à femme exceptionnelle, cadeau exceptionnel. Mais je viens de trouver, tu vas garder le combi VW.

— Sympa, et je le mets sur le pont de *Barado*z ?

— T'inquiète pas, John va gérer la logistique.

— Vrai de vrai ? Oh, t'es trop chou ! J'adore ce van, et puis j'y ai des souvenirs… torrides. Je t'adore.

Cette fois, leurs chemins se séparent. Luna est tout excitée.

— J'ai un combi VW, j'ai un combi VW !!!

Une vraie gamine devant sa première poupée Barbie !

13

Quelques jours plus tard, au large de Saint-Barthélemy, Luna repense, en riant, à tout ce qu'elle a vécu durant cette escale. Sur son PC, elle visionne ses photos.

— Ah ce que c'était chouette !

Le départ de Saint-Barth est un tournant, elle est maintenant en convoyage retour, elle a prévu un stop rapide aux Açores, mais juste une escale technique, un plein de vivres et d'eau douce, son objectif est désormais Camaret, à la pointe Bretagne. Encore de belles navigations en perspective, deux mille deux cents milles nautiques jusqu'à Horta, puis mille trois cents autres jusqu'à la France. Pour sûr, elle en aura du temps pour ressasser tous ses souvenirs. Ce voyage, elle le vit en plusieurs phases. D'abord, elle prépare ses escales en étudiant les cartes, les blogs, les instructions nautiques, puis elle profite des plaisirs en tous genres que lui offrent les pays visités, et enfin, elle revit chaque instant lors des longues traversées, et plus encore la nuit, lorsque la mer se couvre de paillettes argentées, reflet de lune dans le sillage du voilier coloré. Tout ce cérémonial forme sa petite routine, son pain quotidien. Maintenant, elle a basculé dans une nouvelle configuration, elle se prépare à réintégrer la vie parisienne. Elle a reçu un message de Lucas, son ami du cabinet d'avocat, l'informant que Baumann lui présente une offre d'emploi des plus alléchantes. Elle n'a pas répondu, s'autorisant le temps de la réflexion, mais elle s'est fixé son propre ultimatum. Aux Açores, sa décision sera prise. Elle pèse le pour et le contre. Elle a vécu tant de choses, elle a sincèrement le sentiment d'avoir changé, mûri, et en même temps, elle se sent la Luna qu'elle a toujours été. Il lui semble que reprendre le même job, dans le même cabinet, même bureau, mêmes collègues, ce serait comme un retour à la case Départ, la dénégation de tout ce qu'elle vient de vivre. D'un autre côté, c'est confortable comme idée, du boulot, de l'argent, pas de surprise, pas de stress de l'inconnu, ça se laisse réfléchir. Comme souvent, lorsqu'elle est indécise, Luna se lance des défis.

— Si je vois Horta avant midi, j'accepte.

Elle poursuit avec un :

— Si le prochain cargo que je croise est un pétrolier, je refuse.

Et finit par :

— Si je suis amarrée tribord à quai, j'accepte…

Au Peter's Café, le troquet d'Horta, nommé aussi Café Sport, la référence des grands voyageurs, Luna est perdue dans ses pensées.

— Si le prochain qui entre dans le bar porte une casquette, j'accepte.

Un grand blond, descendant visiblement d'une lignée de Vikings au vu de son polo Norway, entre alors tête nue.

— Yes !

Cette fois, la décision semble arrêtée.

De Luna
À Lucas
Le 24 juin 2015
Objet : Re : Offre d'embauche

Salut Lucas, merci pour ces nouvelles que tu m'envoies, je vois avec plaisir que ta petite famille se porte à merveille et félicitations pour le dernier moussaillon, trois garçons, vous ne devez pas vous ennuyer tous les jours.

À propos du job, tu remercieras maître Baumann, mais j'ai décidé de refuser l'offre. Je n'ai pas de raison valable à invoquer, tout n'est pas forcément très logique dans ma tête, mais mon instinct me dit de prendre une autre voie. Je sais, ce n'est pas très cartésien tout ça ! Je compte sur toi pour leur servir de meilleurs arguments.

On se verra à mon retour.

Bises.

Luna

Luna clape son ordinateur, arbore un sourire triomphant, libérée de ce verdict difficile, et irrévocable, elle laisse son regard se porter sur le décor du pub. Bon nombre de grands marins ont posé leur ciré sur ces crochets de fer forgé. Le patron n'est plus le fameux Peter, et ce, depuis belle lurette, mais l'endroit a conservé son âme, sa magie. Des pavillons de lointaines contrées pendent au plafond, des objets souvenirs décorent les murs, table à nœuds, panneaux gravés, figures de proue, ça sent la mer chez Peter. Luna s'y trouve bien. Les conversations vont bon train, anecdotes de mer, avis de tempêtes, histoires de sirènes, escales enchanteresses, chacun y va de son couplet, qu'il arrive des Caraïbes après une boucle en Atlantique, simplement des Canaries ou ceux, comme Luna, qui bouclent leur tour du monde. D'après le nouveau tenancier, cinquante voiliers finissent leur tour du monde chaque année, il a lu ça quelque part... Un groupe de tourdumondistes croisés ici ou là s'est installé à part, sur une grande table. Luna les écoute distraitement, peu adepte des classements à la Top 50 du meilleur des mouillages, très peu pour elle. Visiblement, les Marquises ont l'adhésion de tous et la Polynésie française est en tête du Hit-Parade.

— Eh toi, Bob, tu y as goûté aux Marquisiennes, lance un des marins, pas malin au demeurant.

— C'est vrai qu'elles sont bien carrossées, répond un autre sur le même ton.

— Et toi, Luna, t'as bien dû t'en taper un ou deux, des Polynésiens ? surenchérit le premier.

Incapable de se maîtriser, Luna, sentant les larmes jaillir, s'enfuit sans demander son reste.

— Ben, qu'est-ce que j'ai encore dit, farouche la petite !

La belle marche dans le vent frais du soir, encore étonnée de sa propre réaction épidermique.

— Mon cœur est encore pris !

Elle longe la digue bétonnée. Les équipages de passage y ont laissé leur marque, une tradition maritime, chaque bateau décore un espace, comme un tableau de maître, il y a là de véritables œuvres d'art.

— Il faudra que moi aussi, je laisse ma trace, pense Luna, et puis, ça me changera les idées, ce n'est pas bon de ruminer le passé, le Tony, ça fait presque un an qu'il est parti !

À la quincaillerie du port, elle se dégote une palette de jolis pots de peinture, elle veut de la gaieté, de la couleur, que ça pète. Consciencieusement, elle a d'abord dessiné un modèle papier, elle connaît ses limites artistiques, médiocres, du moins selon ses anciens professeurs d'arts plastiques. Elle trouve enfin un bel emplacement, entre *Parenthèse*, un équipage d'étudiants, tour de l'Atlantique 2008-2009, et *Gwennili*, une famille bretonne, tour du monde 2010-2013. Tous ces inconnus, réunis sur ce mur en béton, c'est émouvant. Luna s'applique à tracer l'esquisse au feutre, elle a préparé un pochoir représentant son *Barado*z, et un autre avec le profil du globe et son parcours.

Tout à son ouvrage, elle repense à son voyage. Justement, elle vient de recevoir un mail de Trinidad, la petite Johanna vient d'être admise à l'université de Colombia, l'aide précieuse de Luna a porté ses fruits. Julia a rajouté un post-scriptum, précisant qu'elle avait changé d'« activité » et que désormais, elle travaillait dans une boutique de souvenirs, c'est moins lucratif, mais avec la bourse d'État qu'a obtenue sa fille, elles devraient enfin s'en sortir. Elle ajoute qu'elle a commencé à faire des économies pour rembourser Luna. Bah, Luna ne compte pas là-dessus, même si elle comprend la fierté de sa collègue de prison. Luna est trop heureuse de la voir raccrocher de ce sale boulot avilissant. Jill aussi a envoyé de bonnes nouvelles d'Australie. Il y a aussi ce mail de Paul, qui a repris ses fonctions d'architecte à Vancouver, il vient de rencontrer quelqu'un, un décorateur d'intérieur, il a l'air de baigner dans le bonheur. La fresque murale commence à prendre forme. Les contours sont tracés, Luna se lance dans les lettres.

*Barado*z, Tour du monde en solitaire, 2012-2015, en mémoire de Youn et Anne.

Nickie vient d'écrire du Brésil, elle est enceinte ; décidément, les bébés vont pleuvoir en 2015, un vrai baby-boom ! Une loi vient d'être votée permettant la défiscalisation des dons pour les associations humanitaires, c'est une avancée, Nickie est satisfaite. Avec Felipe, ils veulent se marier – se remarier, plutôt. Naissance programmée à Noël, mariage juste avant, en octobre. Ils comptent sur la présence de Luna qui est attendue en tant que témoin ! Stella vient d'entrer en centre spécialisé, elle y passe toutes ses matinées et fait déjà des progrès fulgurants.

— Ils vont tous bien, se rassure Luna.

Chloé a envoyé une photo du combi VW qui est déjà arrivé à Paris. Il paraît que c'est le défilé des copines pour voir où Luna s'envoyait en l'air avec la star planétaire du moment. Robert Sewell y a oublié son après-rasage, du Hugo Boss bien sûr, les filles se sont apparemment bien marrées à s'en asperger comme des folles.

Luna s'attaque enfin au coloriage, l'orange vif de la coque de son voilier, puis des verts et bleus éclatants pour le globe, elle applique la couleur par petites touches, sa main inexpérimentée cherchant à limiter les risques de bavure. Ma foi, le résultat est bien au-delà de ses espérances, une belle toile, tout compte fait, pas de quoi remporter le premier prix des Beaux-Arts non plus. Une jeune rouquine s'est installée plus loin, en moins de temps qu'il ne faut pour le dire, elle représente un drapeau irlandais avec le nom de son bateau, *Hiva Oa*.

— C'est bâclé, reconnaît-elle, mais demain, il pleut, et après, on part, alors…

Ah mince, Luna, qui pensait parachever son œuvre le lendemain, en est quitte pour terminer à la lampe frontale. Elle regagne enfin ses pénates avec la satisfaction du devoir accompli. Ce rituel des voyageurs au long cours marque une dernière étape vers le retour à la civilisation, un peu comme un aboutissement.

En cette veille de départ, Luna est très sollicitée. Toute une faune désœuvrée de matelots en herbe, d'équipiers débarqués, de zonards hirsutes, lui rendent visite, espérant un embarquement pour l'Europe.

— Désolée, mais j'ai déjà donné, je ne prends plus de passagers, explique-t-elle.

C'est son voyage initiatique, comme un pèlerin de Saint-Jacques de Compostelle, elle a entrepris ce périple seule, elle veut aussi le boucler seule. Ray est là, il veille sur elle, il a gagné un lifting complet à Saint-Barth et se porte comme un charme. Non, c'est sûr, plus que jamais, Luna est décidée à rentrer à Camaret seule, seule et fière.

14

Pour la dernière fois, elle accomplit la clearance de sortie, puis s'élance vers le nord-est, cap sur la Bretagne.

— On rentre à l'écurie, mon *Baradoz* adoré.

Elle vise une arrivée le 14 juillet. Mais ce sont Éole et Poséidon qui auront le dernier mot là-dessus. Les dieux grecs n'en font qu'à leur tête cette année. La traversée est si mouvementée qu'à aucun moment il ne lui est possible de s'engager sur une date d'arrivée. Tantôt du gros vent et de bonnes moyennes, le lendemain une pétole de chez pétole, et un peu de moteur, pour ne pas trop traîner en route, pas trop non plus, les réserves de gazole ne sont pas extensibles, un jour carrément du vent de face, l'obligeant à louvoyer et à maudire le fameux adage « deux fois la route, trois fois le temps », confirmé par une moyenne exécrable. Chaque matin, elle tient Chloé informée de son avancée, nouvelle habitude, mais il lui reste du crédit à dépenser sur son forfait téléphone satellite. Et puis, Chloé et Yannick tiennent à être présents à son arrivée.

C'est finalement en début de soirée que Luna aperçoit la tour Vauban, dont la couleur ocre resplendit sous le soleil du soir, puis la chapelle Notre-Dame de Rocamadour. Elle croise un langoustier qui la salue, loin d'imaginer le parcours qu'elle vient d'accomplir, puis elle accoste au port de plaisance de Camaret.

On est le 13 juillet 2015, tour du monde bouclé en deux ans et sept mois.

Luna est fébrile en sautant sur l'estacade pour amarrer son *Baradoz* ; un homme approche alors et lui prend l'aussière des mains.

Elle lève la tête, étonnée, plonge son regard dans celui qui l'accueille ainsi et s'évanouit…

L'homme la retient, l'étend sur le ponton de bois, inquiet. Elle reprend des couleurs, ouvre les yeux.

— Tony…

— Luna.

— Tony ?

Luna ferme les yeux, elle ne comprend pas ce qui lui arrive, elle ferme les yeux pour prolonger à jamais ce rêve fou. Tony, son Tony est là, et plus rien n'a d'importance.

Plus rien n'a d'importance, mais bon, heureusement que Chloé et Yannick sont arrivés à la rescousse pour prendre les choses en main. *Barodoz* est en vrac, le long du ponton, enfin, ils remettent l'amarrage au clair, discrètement, laissant les amoureux, tout à leur surprise et à leur bonheur.

Chloé est resplendissante avec son ventre rebondi, prêt à exploser. Elle doit accoucher en fin de mois, et malgré l'immense plaisir de partager ces moments avec sa copine, elle crie grâce pour qu'on s'acquitte rapidement du dîner, son corps ne réclame qu'une chose : le moelleux d'un bon lit à l'Hôtel Vauban.

Les quatre amis bouclent la boucle par un repas à la crêperie Rocamadour, comme le jour du départ de Luna. Laissant les futurs parents regagner leur hôtel, Luna et Tony marchent main dans la main. Ils ont tant à se dire, Tony ne sait par où commencer.

— Tu sais, Tony, mon père disait toujours : quand tu ne sais pas par où commencer, commence par le commencement !

Durant le repas, Yannick a ainsi expliqué, de long en large, comment, durant tous ces mois, Tony et lui sont restés en contact, et ce à l'insu de Chloé qui n'aurait jamais été capable de cacher quoi que ce soit à sa meilleure amie. Tony s'est ainsi tenu informé de la progression de Luna sur son parcours, Yannick ayant eu la délicatesse de shunter les quelques épisodes croustillants dans ses comptes-rendus réguliers.

À bord de *Baradoz*, la nuit sera longue. Luna ne descend pas de son nuage et, de plus, le rythme de la traversée a déréglé son métabolisme, le sommeil n'est donc pas près de venir. Tony est en plein jet lag, et surtout, il a tant de choses à dire à la femme de sa vie. Ils parlent, ils parlent, ils parlent, inépuisables et amoureux.

Ils n'entendent même pas le feu d'artifice qui pétarade au-dessus du petit port de pêche.

Tony explique son mal-être en Calédonie, sa peur viscérale de s'engager, de quitter sa famille, son île, c'était trop pour lui. En rentrant à Ua Pou, il a très vite déchanté. Pas un endroit de l'île ne lui évoquait pas leur histoire d'amour. Il a alors compris combien sa Luna était la femme de sa vie et qu'il lui serait impossible de vivre sans elle. En même temps, il suivait le parcours de sa belle, grâce aux informations précieuses de Yannick, son indic. Plus le temps passait, plus il craignait de renouer et d'avoir tout gâché à jamais. La peur au ventre, il redoutait d'être tout simplement rejeté. Il a maintes fois cherché à la joindre, mais plusieurs évènements se sont mis en travers de son chemin. À commencer par Cécilia, sa mère, qui a fait une rechute de ciguatera et a été hospitalisée plusieurs mois à Papeete. Avec une poigne d'acier et une volonté de fer, elle a repris le dessus, mais elle se déplace désormais en fauteuil roulant et a besoin d'aide dans son quotidien. Maëlla, la sœur de Tony, a alors obtenu un poste à Nuku Hiva, l'île voisine, son mari aussi, mais cela ne réglait pas tout, et c'est donc Tony qui est resté auprès de sa mère. Plus tard, ils ont pu s'organiser et recruter une aide-ménagère, Cécilia a retrouvé un peu d'autonomie, mais là, un grand malheur a bouleversé le fragile équilibre familial. Maëlla, enceinte de huit mois, a dû accoucher prématurément. Les médecins ont décidé d'une intervention chirurgicale, mais ils ont trop tardé, hémorragie, elle est partie en mettant au monde ses jumeaux, Leïla et Milo.

Tony essuie une larme, Luna est effondrée.

— Tu m'aurais appelée, je serais venue par le premier avion.

— J'avais peur que tu m'en veuilles, je n'étais pas très fier de ma fuite de Nouvelle-Calédonie. Je n'ai pas eu le courage de te prévenir, préférant essayer de surmonter tout ça seul. Et puis, je ne voulais pas t'apporter de nouvelles épreuves, tu as eu ton lot de malheurs, tu as déjà tant souffert.

Cela fait maintenant deux mois que Maëlla est enterrée dans le petit cimetière d'Ua Pou. Son mari est une loque, il est en pièces, incapable de gérer les bébés. Sa sœur s'en charge provisoirement, mais c'est du transitoire, elle a déjà six enfants à charge, tous très jeunes.

Cécilia ne peut faire face, le décès de sa fille l'a anéantie. Son état de santé s'est encore dégradé et les médecins ne lui donnent plus guère que quelques mois à vivre. De toute manière, elle ne lutte plus, ne parlant que de rejoindre au ciel son mari et sa fille adorée.

Tony n'en mène pas large en évoquant sa misérable vie de ces derniers mois. Luna est émue par sa détresse, sa sensibilité à fleur de peau. Elle s'interroge sur la suite des évènements.

— Que vas-tu faire, Tony ?

— Je ne sais plus, je me sens perdu.

— Pourquoi es-tu là ?

— Parce que je t'aime, Luna.

— Oui mais, ensuite, que veux-tu ? Ta mère mourante, ton neveu et ta nièce, que vas-tu faire ?

— Je voudrais vivre ici, avec toi.

— Redis-moi ça ?

— Je veux t'épouser, et vivre ici, avec toi. Je vais chercher du boulot, je vais recommencer ma vie, avec toi.

— Oh Tony, mon amour, je t'aime aussi, jamais je n'ai cessé de t'aimer.

Ils s'endorment, épuisés, terrassés par les déboires familiaux et comblés par leur amour intact. Au matin, Luna a les idées claires, elle a tourné les problèmes dans tous les sens et est impatiente de se confier à Tony qui arrive, justement, avec baguettes et croissants chauds.

— Désolé pour l'ambiance, ce n'est pas vraiment un beau cadeau de retour de voyage !

— Ce n'est pas ta faute. Je suis si heureuse de te retrouver.

— Je t'aime, Luna. Je m'en veux de te faire tant de soucis.

— À ce propos, Tony, j'ai bien réfléchi. On va repartir, tous les deux, à Ua Pou. On va se marier là-bas et on va aider ta mère, pour qu'elle vive encore de bons moments en famille.

— Tu es prête à revivre chez nous ?

— Pour quelque temps, oui.

— Et ton boulot d'avocate ? Tu m'as bien dit que tu voulais retravailler.

— Oh, ben, ça attendra.

— Mon amour…

15

Lovée dans son canapé bleu canard, Luna lézarde devant son téléviseur. Que faire d'autre en ce samedi 10 novembre ? Il pleut des cordes sur la capitale. Zut, elle vient de renverser un mug de café noir sur son pyjama. Et pas n'importe quel pyjama ! Elle porte le maillot N°10 de l'équipe nationale brésilienne, le cadeau de Leonardo.

Tiens, ça bouge un peu sur le grand écran curve. Luna se détend, c'est le départ du Vendée Globe, édition 2040. Pour rien au monde elle ne manquerait ce rendez-vous. Tous les quatre ans, comme les Jeux olympiques et la Coupe du monde de foot, des incontournables. Le départ en 2012, se souvient-elle, avait marqué sa décision de partir faire le tour du monde. La mélancolie la gagne et des larmes remplissent ses grands yeux bleus.

Justement, on en voit une ou deux qui se laissent aussi aller.

— Femmes de marins, ce n'est pas une vie, et même des hommes de marins, cette fois, se dit Luna, aujourd'hui, huit femmes sont sur la ligne de départ.

Les concurrents du Vendée Globe sont maintenant dans les dernières minutes, on pourrait dire qu'ils sont dans les starting-blocks. Les accompagnateurs, les équipes techniques ont rejoint les zodiacs suiveurs. Les marins sont désormais seuls, seuls face à l'immensité de l'océan. Quelle tension !

Luna aperçoit alors sa fille. Leïla salue la caméra. Avec son teint chocolat et son bagout, elle est la chouchoute des médias qui comptent sur elle pour animer la course, comme le faisait si bien l'Anglaise Sam Davies en son temps. Les yeux de sa mère brillent d'émotion. Bien sûr, son voyage à elle n'avait rien à voir avec l'aventure extraordinaire que représente un Vendée Globe, un tour du monde en solitaire sur des bêtes de course de soixante pieds !

Luna est interrompue par des cris stridents et quitte, à contrecœur, le salon pour rejoindre la chambre d'amis. Cécilia et Anna, les jumelles de Leïla, se réveillent de leur sieste, trois ans, des bouts de chou adorables.

— Allez les filles, venez voir maman à la télé !

Les puces sont parfaitement au courant du départ imminent de leur mère, mais étrangement, elles ne s'en inquiètent pas le moins du monde. Ont-elles seulement saisi qu'elle part pour plus de deux mois ? Tony est aux Sables-d'Olonne, il a souhaité accompagner sa fille le plus tard possible, sur le bateau suiveur, il est avec Nino, le père des jumelles. Milo, le frère jumeau de Leïla, est là-bas aussi. Ils sont terrorisés, mais tentent de n'en rien laisser paraître.

Coup de canon. René Irwin part en tête sur son Coca-Cola, puis c'est le Chinois Hmong qui vire en premier la bouée de dégagement. Ça y est, ils sont partis, devant eux la mer, l'aventure, la gloire peut-être…

Les hélicoptères survolent encore les concurrents, les bateaux accompagnateurs ont, quant à eux, déjà opéré un demi-tour, ces belles images de mer réchauffent un peu le cœur de la belle avocate.

Le sourire de Leïla est éloquent.

Elle vit son rêve.

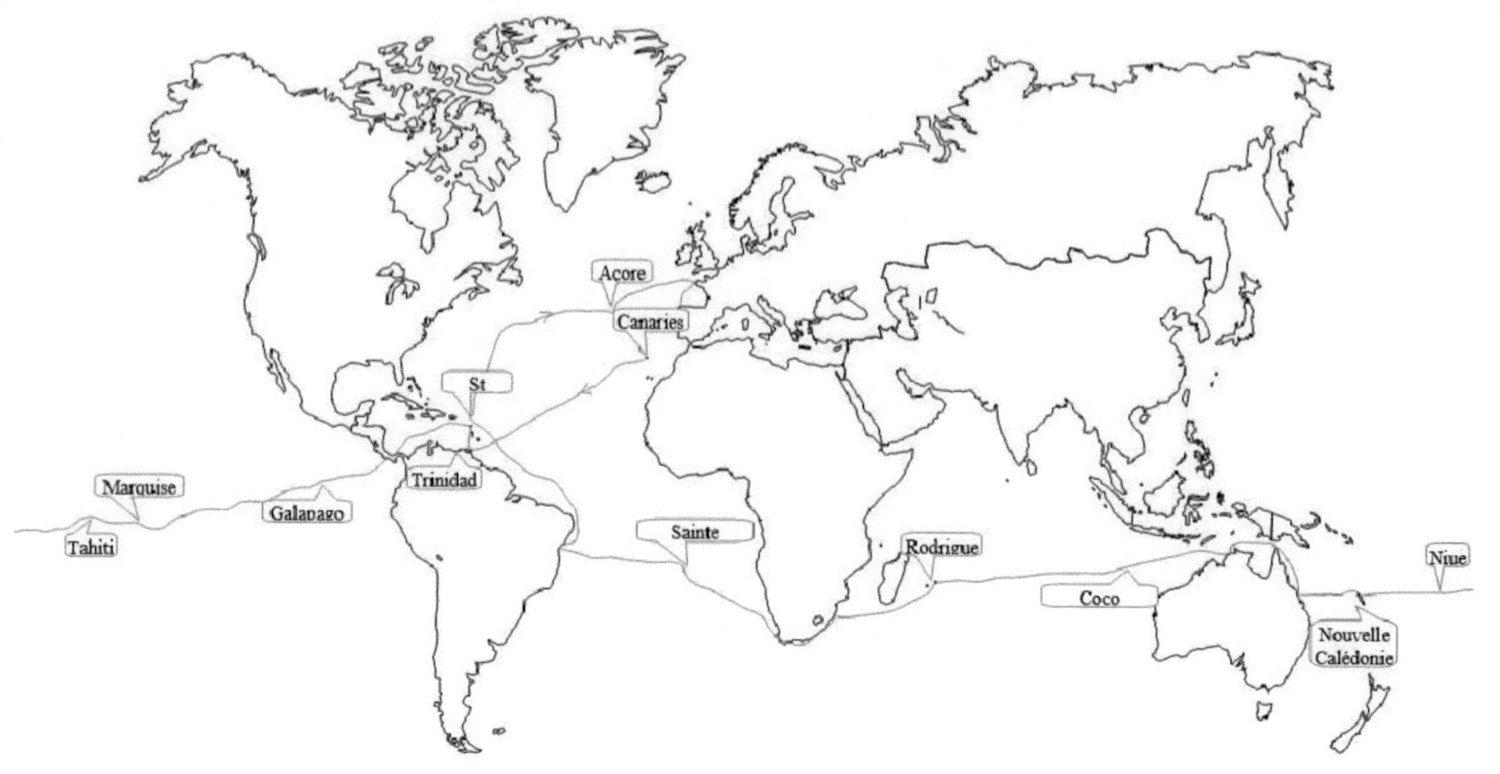
Acore
Canaries
St
Marquise
Trinidad
Galapago
Tahiti
Sainte
Rodrigue
Niue
Coco
Nouvelle
Calédonie

Remerciements

À mon mari et mes filles qui m'ont accompagnée dans ce rêve un peu fou de faire le tour du monde à la voile, ce qui m'a permis de vivre un rêve encore plus fou et d'écrire ce roman.

De la même auteure

Quatre en quatre temps

2020

Cadavres écrits

Collectif policier, 2021

Nous ne sommes pas le sexe faible !

Collectif féminin, 2022

Dans la collection Nouvelles Pages

Un aigle dans la ville – Damien Granotier

La tueuse de Manhattan – Pierre Vaude

Evuit – Jean-Hughes Chevy

Dripping sur tatami – Hector Luis Marino

Après elle – Amy Lorens

Marcher à contre essence – Oriane de Virseen

Tuée sur la bonne voie – Erell Buhez

Le dilemme – Gildas Thomas

L'ombre de Marrakech – Alain Maufinet

Brillante : une jument pour deux destins – Arnaud Dangoisse

La couleur des âmes blanches – Philippe Buffarot

Otage au Mali – Alain Maufinet

Et cétéra ! – Denis Morin

Voyage au cœur des hémisphères – Dimitri Pilon

Découvrez les autres collections de JDH Éditions

L'Édredon

La revue littéraire de JDH Éditions

Venez découvrir les textes de la revue

Textes et articles dans un rubriquage varié (chroniques, billets d'humeur, cinéma, poésie…)

JDH
ÉDITIONS